百年

1

假期結束後的第一個早晨，堆高起重機從南方的出入口陸續駛進，通過交通柵欄後，在停車場外轉了彎，一部部爬上克隆生命大樓的卸貨坡道，停在兩部電梯前的空地上。卸貨工人跳下車，如過去的許多早晨一樣，吃起塑膠袋及保麗龍盒內的三明治。他們一口接一口的咀嚼，解決了早餐，倚在洗衣工廠旁的大鐵網上曬起了晨陽，噴灑水氣的空調水塔在鐵網內運轉，不時飄來一陣濕涼的風，白茫一片。這感覺也許不錯，他們接連點起了菸，一個個呵出難以分辨的煙氳。

昨夜的霧靄消失了，空氣又乾又冷，煙塵灰飛在一道道光束裡。此刻，工業區的大樓帷幕返照著瞬息飛逝的光影，來往車流乾淨發亮，將沐浴在陽光裡的這城市輝映的閃耀動人，難以直視。在更遠的方向，城市的中心，台北金融摩天大樓屹立在無瑕的天空中，輪廓分明的塔端顯示著鮮明的數字。不曉得有沒有人發現，假期結束後的這一個早晨，巨型的電子顯示器已經在那兒了，像從人堆裡高高舉出一只牌子，牌子上的數字一分一秒的遞減，正倒數著今年所剩不多的時日。**PP**膠帶、雙面泡棉墊片、壓克力固定線、夾鏈扣。我開始檢拾附近地上的包裝碎片，覺得欲罷不能。

我在拍立扣束帶上發現了胡蘿蔔味、也在熱縮雙色套管上找到過芹菜以及洋蔥的味道。我曾在一種印尼進口的藍色波浪板中，找到過鳳梨特有的酸味，那應該來自丙酮和酒精混合成的化學染料。鹿頭牌膠卷有著特殊黏性，聞起來像是熟透的木瓜，能拉出像絲一樣的丙烯腈聚合物。附有凹洞與凸點的束帶可以組合成一對又分開。膠帶撕開的聲音不知從何而來，上頭的黏性不會永遠存在，最終成了透明的紙片，糾結大量的頭髮，菸絲、石礫，有時也帶著一隻被壓扁的蟲子。這是世界的切片。我一把一把往口袋裡丟，保存一個不少的數量。我隨時都在裡頭揉捏這些塑膠玩意，確保它們存在。

立在坡道路口上的交通圓鏡內有一個小孩，他有著一雙憂愁潮濕的眼睛，臉頰旁布滿著細點雀斑，一頭棕色捲軟的頭髮，雙肩滑落在那件過大的襯衫袖子裡。

他不像是一副會深思熟慮，心思複雜的樣子，倒像一個走失在大賣場裡的兒童。我打從心裡知道那張臉就是我。他在那裡頭搖頭晃腦的，模仿我的同手同足，在那道傳遞回來的鏡影，我們充盈在各自的早晨波光之中。

遠遠的在林園道，我看見了李德。他穿著暗色毛呢大衣，裹著粗織圍巾，頭戴著一頂灰撲撲的蓋耳棉帽，像個遊走在黑白電影裡的人物，在園區小徑裡移動著。一下消失在白色的枯椏樹林間，一下子又出現。他帶著一雙浮腫的眼袋，內凹的雙頰以及從頭到尾散發在外的衰弱氣息走到了碼頭附近。我猜他走進陽光時會感到不適，而他也的確如此。他別過臉，想回到屋簷底下，他發現了我，便改道繞了過來，踩著他那雙像是鑲了鐵殼的大楦頭皮鞋，叩叩地踏出聲響走到我身邊。

「我剛從大樓那邊過來。」他抖了一抖，「你知道電梯裡面那些人在幹什麼嗎？他們會害我遲到。」

「升級。」我說，「他們正設法升級一套語音保全系統。」

「語音保全系統？」他用力擤了鼻子，向兩旁一甩。

「告訴你這裡是哪一樓，現在是開門或關門，往上或往下。就是你頭頂上那一塊發出聲音的塑膠喇叭。它會安撫你，當你受困的時候，指示你的下一步該做些什麼。」

「我想起來了。」他說，「某年八月裡的一個夜晚，我就曾經困在地下停車場的電梯內四小時。那天我是全公司最晚下班的人。」

「難道它們出現什麼問題？」他憂心地看著我。

「我不知道。」我看著一個操作堆高車的工人臉朝身後，從黝黑的貨櫃裡倒車出來。

「去問電梯裡那些專家吧，你不妨分享你的遭遇，考考他們新系統的應變能力。」

他又哆嗦了一會兒。牙齒在唇間輕顫。

「你覺得他們還要多久？這裡好冷。」

「這一個星期都會是這麼冷。每況愈下。」

「你怎麼知道？」
「氣象報告說的。」
「哪一台？昨天我出院時，聽到他們說這個星期四會逐漸回溫，溫度直升到跨年那天的午夜，據說不會低於三十度。」
「你相信嗎？」我問。
他一副不打算離開的樣子，陪我看著那些堆高機來來去去，沒再說話，只是從大衣中拿起墨鏡戴上。
這個假期太長了，長到一切都變得有些陌生，有些古怪。一早在大廳和幾個熟面孔巧遇，我打招呼的樣子是那麼友好又自然，卻心驚著想不起他們叫什麼名字。
汽車警報器的聲音響了兩下後又停了。貨櫃車底下有條野狗卻開始叫了起來。
停車場的柵欄起起落落，攔住來往車輛。車窗裡有隻手，伸了出來試圖將零錢塞進那臺會說「歡迎入場」的收費箱裡。八點過三十分整。對面一棟大樓廠房播放起電台廣播。那是莎拉布萊曼的 It`s a beautiful day。

我覺得李德應該接著說點什麼。我看著他，一雙瘦骨嶙峋的手掌反覆搓著，放在嘴邊呵著熱氣，解開大衣的扣子開始將襯衫整理進他的褲子裡。他是早班生產線的管理組長，東海大學畜牧系的高材生，曾在美國堪薩斯州一處機械化牧場管理過八千頭肉牛，成天想試出一款能再增加百分之二腰肋油花的精肉素。回國多年後他找上了克隆生命，由我負責他的聘用面試。他那一身清瘦單薄的體型，總是扣到最後面那一格的皮帶，至今仍讓我印象深刻。即便是當了他二年的主管如我，他也從不肯解釋清楚，待在堪薩斯的那些年，為何會使他成了一個嚴重自疑且多慮的人，並且一生吃素。

「你可以自己走樓梯先上去。不須等電梯。」我說。

「辦公室裡比較暖和。」

「整整十七樓。我不曉得自己行不行。」

「你可以的。別總是對自己沒信心。」

「起床後的一個小時內運動，急性心臟衰竭的機率是常人的二點五倍。」

「那你就待在這等，我先上去。」

「他們說我現在需要休養。幾天下來我抽了四次血，二次脊髓液，二次腦部斷層掃描。他們說一次作足所有測試是最划算的。你覺得我能相信報告嗎？除了體重低於水平以及白血球過多外，他們說我健康無虞。」

我無從接話，他根本不打算聽別人說什麼，隨時處在一種與世隔絕的自疑境地裡。

「我還是感到很虛弱。」

「你可以再多休養幾天，不用急著來上班。你底下那些作業員根本不曉得你整整消失了快一個月。」

「他們說跨年夜的氣溫將會有三十度。我是否應該準備一件短袖T恤迎接新年？」

我看了他一眼，確定他問的是自己。而不是我。

「她們說我活不長了。」

「她們到底是誰？」我發現自己已經有點不耐煩。

「健檢房裡的護士。她們說，已經很久沒遇過生命線這麼短的病人。」

「你什麼時候變成病人了？你和我請假不是只為了要去檢查聽力嗎？」

「當然不是，但她們改口不了。因為我穿著長袍的樣子實在容易讓人誤認是個住院病患。」

「為什麼醫院裡會有看手相的護士？為什麼護士關心的是你的生命線，而不是更重要的東西？」

「她們私底下尊稱那些在臨終病房的人叫做師父，因為某些人看來面貌越來越莊嚴，結束後有往上成為神的可能。他們的手掌紋淡的就像一塊無瑕透明的玉。」

「生命線到底能看出什麼？」

「她們不是在看生命線。」

「不然是看什麼？」

「她們看的是『命運好好玩』。紫微教父羅恩，陽宅大師賀伯特是那一集的特別來賓。就在檢體收集室外的長廊上，護士和我們收看耶誕夜當晚的重播。來賓們全穿上有白色鈕扣的紅色棉襖，黑色長靴，並且黏上一串串大鬍子。」

我們一起走下碼頭，沿著鋪滿白色地磚的園區小徑走回克隆生命大樓。無人打掃的落葉在連假間積得更厚了，甫落下的葉帶著黃綠，葉脈還滿是新鮮的顏色，飽含重量地壓在上頭。一對慢跑中的男女帶著喘息經過我們，腳底踩出一個又一個的凹陷。那底下的葉祖露出來，有些支離破碎，有些捲縮變形，如同掘出了一個開口，一道枯黑黏滯的泥河，飄出腐爛的氣息，載著褪去的顏色與死亡的漸層，一路延伸到小徑深處。

樹叢中有一枝鏽蝕的機車排氣管，被土礫幾乎掩埋，破洞裡頭是棕紅色的水。

一台L5號公車從外頭的柏油路隆隆的開來，在不遠的站牌前停住了。車體上是一幅巨型的廣告，印著四個穿著隆重西服的年輕男子。他們的頭髮染成鮮豔的顏色，個個敞開雙手，露出身上的金屬綴飾，可說是盛裝打扮。他們的臉貼在凹凸不平的車窗架上，笑容變形且古怪，底下寫著一行揮灑而成的粗體字。

「歡迎來台北，感受台北、體驗台北、亞洲最不可思議的夢幻城市。」

那笨重的公車隆隆地又開走了，帶著痛苦的嘎吱聲。出現在灰煙中的一排人們，輪廓逐漸成形，在來往的車流裡等待，一張張模糊的臉，十個有七個都戴著口罩。

2

我是克隆生命有限公司的市場研究員，在不久後的百年元旦，即將年滿十二歲。

在取得第二份博士文憑後，就在去年，我在母校康乃狄克州立大學時完成的論文，登載在一本校友俱樂部的會刊裡。這消息來得令人納悶，我是什麼時候投遞過這份論文的？況且這還是一本我從未聽過的刊物。

它從哪裡來？又是賣給誰看？

他們給我寄來一本，我翻了翻，內容單調乏味，並無任何特別之處。唯一引起我注意的，是刊底印製了一整面的燙金彩頁，上頭是此刊眾多編輯們的名字，名字也塗上金漆，由筆畫順序羅列，閃動著燁燁黃光。

我四下打聽，發現這些編輯原來是一群退休的教授，平均年齡是七十五歲至八十歲，是一群年紀相當大的老人。他們儘管已經隱退，自行創辦的這本會刊仍在學術界具有影響力，能夠決定著一群新人的未來。許多年輕人追隨他們，希望有朝一日能獲得舉薦。只是他們的喜好是有名的乖僻，行蹤永遠是個謎。他們從不在刊物中披露相片，只出現名字。那一勾一勒的金色字體，堅實有力的在紙張上深深烙印著。在每一期我能找到的會刊中他們一貫如此，彷彿這是他們不能妥協的風格——讓自己如同黃金一樣永恆，一樣古老，附著在一個永不消亡的辭彙裡。

他們決定將我的名字刻在石碑上。這是一項榮譽，我不能拒絕。那份寄到我網路信箱的恭賀函裡，可以找到六位來自學術會刊編輯們的電子署名，經歷上特別寫明，他們來自醫學、生物、以及精神病科學等領域。他們以鎖碼星號取代我的學號，電話、身分證號碼及血型。他們以一種古怪的方式將我匿名。我的相片欄是空白，經歷欄位也是空白，彷彿我是一個從不存在的人物。所有能見的只有一行如樂透刮刮卡上的銀灰色數字。我曉得這是由那些教授屬意我的全新身分。他們是賦予頭銜及名字的真正專家。

一〇〇號。我是北美第二十四、亞太第七十九，燙著浮凸字體的全球第一〇〇位超齡化兒童之一。

那座篆刻受贈者的石碑，坐落在一處十八世紀建成的修道院地下室底。沿途須通過數座迴廊，若非有人帶領，不可能獨自到達這別有洞天的密室。那密室雖在地底，卻構造的十分高挑，天花板遠遠地在上頭，四周由橢圓形的牆面給包圍，一座如陣亡將士紀念碑的方形石塊就立在中央處。那石塊看來濕漉漉的，紊亂的紋路在日光燈下顯得如一塊碎裂的蛋殼，摸起來卻又冰涼厚實。我循著字碼，在上頭找到了自己的名字。

大聲一點，我們這裡聽不清楚。

回到眼前，挨在我臉旁的是一根鐵製長桿。一個面孔模糊，戴著塑膠邊框眼鏡的年輕人握著它。他伸長著手，試圖想讓鐵杆上頭的錄音機再貼近我一點。沙發椅旁有兩具架設底部滾輪的攝影燈，不時地移動過來，將燃燒金屬般的熱熾光線雙雙打向我這裡。我在光波之中感到暈眩，只能繼續往下說話，我一心只想著如何將注意力從這令人眼疼的能量身上移開。

錄音機離我如此之近，細部的質地十分清楚。是奧林帕斯牌的。黝黑發亮的髮絲線外殼、精美結實的按鈕，廣告紙還未撕下，上頭寫著一行字。

「真實原音重現。」

室裡一片寂靜，只有我在對著它說話，然而我也聽得到我在說話。粗啞稚嫩又古怪。我一句他一句，彷彿躲在哪兒捉弄我一般。

那是我的聲音嗎？

戴著眼鏡的年輕人嘆了口氣，納悶我為何又停下不說了。

不遠外的暗處有一座播音台，架在幾片臨時搭起的長桌上。地板到處是粗如蟒蛇的纜線，連接著我與他們所處的機器。採訪我的幾個人就坐在那兒，聽著那頭播放出我的聲音。他們聚精會神盯著播音器，將播音器團團圍住，對著它寫著筆記。

閃光再次燃起，年輕人化為一團刺眼的純白物質，只剩握住鐵杆的一隻手。在強光下我感覺自己的存在感十分薄弱，口乾舌燥，只能繼續往記憶深處掏挖。他們很滿意，沒有發現我的坐立難安，只是對著播音器笑了，彷彿從那兒播送出來的才是真正的我。他們正在和我相談甚歡。

奧林帕斯。你是怎麼做到真實原音重現的？

修道院就位於康乃狄克大學北側一塊濃蔭茂密的樹林深處。從校園中心前往，沿途會經過航太技術學院、中世紀學院、羅馬人文學院、祭祀符號學院、以及百年前建成的神學院的邊陲，一路走來猶如是這座古老校園建成的歷史巡禮。

我還記得那片林地留給我的陰鬱記憶。布滿了枯黃腐爛的落葉，枝枒掛著潮濕露水，腳下蹊徑模糊，飛禽拍噗振翅的從頭上乍響而過，轉眼間就不見蹤影，空氣裡處處是冰涼的氣息。

這裡真的是一所有著一萬二千名大學生的校園嗎？我還記得從疏密交疊的鉛

白色樹林間望出去，還看得見南邊那群嶄新明亮的校舍，立體且顏色鮮明。紅土操場上隱隱傳來學生們運動的吆喝，而區區不過數里，這裡已是人煙罕見，宛如一個受世界遺落的隱僻之地。

接待我至修道院的引路人，是一個開著高爾夫球電動車的男子。他叫做羅白，是個態度溫和，行動緩慢的白人。羅白是這所大學聘請的校工，負責看守這座校園遺產。他頭戴著闊邊帽，覆著臉巾，看上去至多五十幾歲，全身盡藏在一襲深色斗篷外套底下，只留下一點模糊的臉龐。

這種裝扮是否屬於一種團體制服？我在他身上尋找，想發現諸如星巴克的長髮美人魚，或者迪士尼樂園的歐洲城堡一類的徽記。最後我只發現他握著方向盤的手腕上，戴的是卡西歐的塑膠電子錶，斗篷底下是兩隻光潔無毛髮的腿，穿著亞瑟士慢跑鞋。

這引發了另一個奇怪的問題，這件連身篷裙底下的羅白，到底有沒有穿上褲子？

我沒有問，但發現那款塑膠錶的數字時刻上附有夜光，那是一種老的不得了的型號。

他說。「上來吧，一〇〇號。我來此指引汝，汝便坐到後座去。」

羅白的聲音從那頂遮頭蓋臉的帽子裡傳出來，說話的樣子怪裡怪氣。看的出這份枯燥的工作竟使他與訪客說話都有了困難。的確，有什麼工作會比待在一座連觀光客都沒有的遺跡還要來的乏味呢？

我選擇這樣與工作無關的問題來拉近我和他的距離。其中幾個是，為什麼您開的是一台高爾夫球電動車？您真正的職業是高爾夫球童嗎？這上面寫的是油電混合車嗎？或是，您知道手錶上的夜光塗料含有鐳元素嗎？您想聽看看有關鐳元素的笑話？

我甚至發現自己一再使用您這個字讓他感到被尊重。

羅白只能再次感謝我蒞臨修道院，這是他的主人叮嚀交待的。他恭賀我獲此殊榮，卻不只是因為我的努力，而是我生來便具有不受時間束縛的天分。現在想想，其實完全不對，我正是反過頭來給時間束縛了。

但我當時懂什麼呢？榮譽與名氣已將我淹覆了。我謙虛回答他，我只是較一般人老成的快而已。

他非常驚訝，轉身問我。你曾經看過哪個十歲的兒童像你這樣說話的嗎？

我停了下來，喝一口水，那夢幻式的閃光燈冷不防的又襲來，催促著我往下說下去。

陽光從樹隙間落下，像一枝枝橫插直豎的金色柱子，幽冷潮濕的風不斷拂來，越往深處霧靄越重。我們輾過如厚毯的腐葉，驚擾之處有鳥禽拍翅掠過，樹椏斷裂之聲混合各種蛙蟲嘶鳴回繞在周遭，車燈在霧裡迷濛的發出黃光，像兩只搖搖晃晃的提燈，照映眼前的泥路，也照清我的身影。我看著皮製車篷裡的銅窗，撫摸木椅上古老的繡墊，感覺時間因此像是凝止了。羅白如同一個牽引著韁繩的馬伕，身穿斗篷，駕著一台中世紀裝飾的高爾夫型電動馬車，載著我在靜止的時間中前進。

一路上羅白不再多說話，只含糊回應我幾個問題。他的聲調沒有高低起伏，令我聯想到一種有著小小塑膠方孔的電子翻譯器。它只能回答我模糊難辨的單字，而且早在十年前就給淘汰。

羅白有一句話倒是發音清楚，他反覆默念，像一種禱詞。

「今日之你如光之所及，是過往的他們。今日的他們成其所相，即是未來之你。」

我後來曉得，這是一句源自十六世紀，信奉時間的托缽僧教派的箴言。他們屬於天主教的分支，最早活動在古義大利西西里一帶鄉間。僧侶們作風神祕，行事低調，所留下的典籍寥寥無幾，沒有儀式或詳細教義。有具體記載的，只有他們在民間傳教時的穿著。古西西里人們稱呼這些僧侶為猴帽僧，因為他們老是以長袍上頭的風帽遮臉，只露出部分輪廓，就像一種長有帽形毛髮的南美洲長臂猿而得其名。托缽僧教派在二十世紀初被視為異端，教徒全已消聲匿跡，不再有行蹤。但許久之後我曉得並不是如此，他們至今仍在，在黑暗之中潛伏著，隱匿在各種身分之中，暗地活動著，非到最後一刻難以辨別他們的真實身分。

你是一種進化的例外。是一種隨著母體數量過大，脫離常軌而無法整除或四捨五入的畸數。站在石碑的面前，羅白在一旁如是說著。

據說正常人能以邏輯方式描述出記憶的能力是在四歲以後，在這以前的幼童處在一堆模糊之中，沒有時間流動以及景物的印象。而我卻是從出生後沒多久就擁有這樣的能力，雖無法理解、但照單全收，猶如一個龐大的抽屜。

我能夠想起產房內處處可見的手術鉗，成捆的止血紗布以及蓋在我身上一款小馬牌藍色消毒毛毯的味道。人們毫無戒心地經過我的床，不知我觀察著他們。在我尚未發育完備的眼裡，他們是黑白色的，身影模糊，像一團朦朧滾動的天氣。但我仍能靠著感官將他們分辨。當時，那個曾以雙手握我手腳如同蘿蔔一般拉出滿布滑溜羊水產道，並大掌拍出我喉頭黏滯的人是產房的住院醫師。而另一個以鑷子與不鏽鋼鋒利剪刀低頭縫合著我乍出之處的年輕醫護士，是他通宵值班時在我們嬰兒房幽會時的情婦。他們喜歡在一座座發著亮光的早產兒保溫箱包圍中做愛，祖胸散髮的醫護士總以高低不一的吟叫，蓋過我們這群孱弱生命的啼哭。

隨著記憶能力與腦部的增長，我相當已是個中年的成年男性，內在年齡正確來說是四十三歲。這是定期透過康乃狄克大學一支曾主持桃莉羊的生技團隊所計算出來的。他們數月前潛入了墨索里尼在義大利的故居，試圖想取得這位政治狂人的毛髮遺留，複製出他的胚胎而被捕。隨著他們的鋃鐺入獄，我知道此後再也無從得知自己又增長了幾歲。

四十三歲。這天生的餽贈帶來各種好處，表示著我能以一個成熟男人該有的樣子思考，並且親手解決問題。我曉得了自己並不依賴天分，在一個孩童的模樣下我和其他成人一起努力工作並且互相提攜。並沒有異樣眼光的問題，除了極少數人的忌妒，不過那充其量只會顯得他們比我低落及幼稚。

是不是能這麼說，我想過我就是畸形兒，是一種長有雙頭或複數肢體的連體嬰。屬於那種有著面面相覷的，坐在同一塊椅墊上接受訪問的怪胎。只不過我們共享連結的不是身體，而是時間。我走得慢，他卻走得非快無比。

現在問題來了。若必得犧牲其一的那天到來，誰會是留下來的一個？有人的手機響了。來電鈴聲是賈斯汀・比伯的 Stuck In The Moment 。不是說好採訪時要關機嗎？

有人大聲斥喝。沒有人敢接，也不知是誰的電話。賈斯汀・比伯就這麼一路在幽黑無比的房裡唱下去。

「很好，收工。」

天花板的燈光相繼亮起，工作人員有的收拾器材，有的拿起相機，不知感到是好是壞的不停按鈕。陽光從窗簾縫滲入室內，在牆面隱隱飄動。有些人在凳子及扶手椅中站著，對著檯架上的閉路螢幕或自己的手機陷入沉思，卻沒有人願意坐下。

寶哥出現了，他走了過來，撫摸我的耳朵、想取下塞在裡頭的小型耳機。他是《好孩子》雜誌的工作人員，是個身高至少一米八以上的壯漢。習慣穿著全黑上衣與長褲，繫著迷彩腰包，並且蓄著一頭及肩黑髮。

「我敢肯定，這會是我們銷路最好的一期。」他誠懇地看著我，由上往下。我本想埋怨剛剛的燈光刺得我眼痛，卻發現他的手指還在我耳裡摩娑。我一時無語。

「我倒是希望暢銷的是我們的產品，是不是這麼說？馬芳。」

我環顧左右，看見馬芳坐在不遠外的一處遮光棚裡，正和鮑伯興致勃勃看著攝影機器內的影片，而沒注意到我。他們同屬於克隆生命研發部門，馬芳是我的助理祕書，而鮑伯是我的部屬，也是摯友，另外還有李德，我們幾人相識已有數年，在同一崗位上如一家人般工作著。

這篇即將刊載在百年元旦的雜誌訪談，也許能改變克隆生命幾年以來在一般大眾眼裡的負面印象。克隆生命的產品一向為人議論，尤其是製造過程。我雖未參與工廠事務，不能肯定謠傳中的非人道生產是否屬實，但克隆生命的產品原料來自動植物融合體，卻是我親眼所見的。這些原料來自各種生技研究下的結果，包含了汲取、淬鍊、以特殊方法擊碎細胞、重新排列DNA的順序、將它們嵌合在無機的物體（如一把梳子），或注射至另一綱目的生物體內，等著看結果，會發生的事情千奇百怪，但總有一種會是有益的。

二〇〇九年，克隆生命和惠氏藥廠合作的一系列提神飲料，在東亞市場推出後頗受好評，一度還在日本零售店銷路中追平百事可樂與可爾必思。卻沒想到短短八個月後，遭到一支加拿大的動物保護團體舉發，提神成分中的膠質萃取物，實是來源不法的海狗及公驢的精囊。

幸好為時不晚，克隆生命將產品線從飲料調整為美容與保健藥品，切割慘賠部門後重新出發。雖然生技研究仍未中斷，但規模已縮小許多。他們付出昂貴代價，幾乎賠掉了一半資產和據稱喝了精囊之後感覺不適的消費者打官司，也付出漫長時間彌補公司形象。幸好多年持續的公益活動終於漸有效果，公司某些高層認為，一本婦幼雜誌願意來訪談克隆生命的員工，就是明白表示了克隆生命已經從信譽的傷害中完全站了起來。

寶哥拉了一張椅子，替我解開領子上的鈕扣，拍拍椅墊請我坐下。

「也許你早就知道了。幾天前我退還一筆額外款項，原因是我不想縮減有關你的頁面。」

「你已經得罪我們公司某些人了。他們以為這是訪談的條件之一，必須增加克隆生命的報導。」

「無所謂。」

他拿起我的耳機，放在鼻子下嗅聞。

「我們只對深入兒童的報導感興趣，尤其是你，我寧願多放的是兩張你的相片。」

他對我眨了眨眼，呼吸聲很重。

「一本訪談兒童的追星誌？」我說，「我很好奇，會到書店買《好孩子》這種雜誌的到底是什麼樣子的人，他們從事的又是什麼樣的工作？」我挪動一下椅子，試圖讓長坐不適的腰舒服一點。

「錯了。你們可不是兒童。你們是金字塔頂端的兒童。陳何，尤其是你，這一期刊出後，我敢保證喜歡上你的將不只我一個。」

「你太看得起我了。」

「我已經好久沒有這種被喜悅充滿的感受。」

「你對工作的熱忱令我佩服。」

「並不是。」

他越過一張茶几看著我，又坐了下來，突然垂頭喪氣起來。

「你不知道這幾天我是怎麼想的。看著你，我有一種無法言喻的感覺。」

一旁有個人離去了，桌上的閉路電視裡正快轉播放著。畫面上的是我，飛快地流逝，發出如電波頻率般的噪音。

「馬芳曾經提醒我小心你們雜誌的作風。」我說，「你們一向喜歡調查採訪對象，從身家背景到私人生活，鉅細靡遺，除了用於登載，也披露一部分資料提供給來函索取的讀者。老實說，知道這件事讓我感到有點不舒服。」

「你是指『優生解碼』？」

「沒錯。」

「我向你保證，除了我以外，不會有任何人打聽到你的資料。」

「這單元受歡迎嗎？我是說，是怎樣的人會需要挖掘一個孩子的全面隱私？」

「這確實我們最受歡迎的單元。雜誌在刊出後，明信片總是蜂湧而來。尤其是新婚夫妻。懷孕的媽媽們迫切想要知道細節。那些生下資優兒的女人是否吃了什麼補品？聽的是什麼音樂？有沒有求助宗教一類的神祕力量？有些人甚至希望能接近這些天才兒童，暗地探求一些不可告人的祕密，可以說什麼樣的要求都有。我察覺到這樣的人有越來越多的趨勢，生育這件事似乎已經脫離人的本能，逐漸受一種新的想望給控制著。想要更創新，更優化，更有效率……我說不清楚那到底是什麼。」

「像是製造一種產品？」我問。

寶哥停了下來，似在思考著。我想趁此時請他放下耳機，不要再聞了，那玩意剛剛還塞在我的耳朵裡。但是他如此專注品味著，甚至閉起眼來拒絕干擾。

「我想說的是，人人都害怕自己平庸，所以竭力要和眾人不同。養育孩子就是實現這個想法的行動。」他睜開眼說道。

「平庸沒什麼不好。你不會曉得當一個與眾不同的人需付出什麼代價。」

我說。

「你說得很對。平庸的人總是快快樂樂，而你們卻總是開心不起來，都有些早衰的傾向，像個老人般喜歡坐著，行事緩慢，你最好能起來多活動，陳何，想到這幾天你憔悴的如一個不善於行的人，我很替你憂慮。」

「你說的沒錯。我今年才十一歲。但感覺體力已不如八歲的狀況。這是怎麼回事。你們是不是也會如此？打個小盹之後竟然已經是半夜，老是因為肺部有雜音而煩惱，徹夜失眠直到黎明。天亮前是我最虛弱的時刻，看見那暗藍色的晨曦窗光，老是讓我感到自己快死了。」

「別慌張，其實，我的煩惱比你的還要厲害。」寶哥不知不覺的將手搭在我的手上頭。

「在剪輯相片的那些難纏夜晚，我時常在打冷顫的夢境中醒來，全身冰冷的不像話。我真的好冷，手如石塊般堅硬，腳不能彎。我常想著我剛剛是否死了？莫名其妙的死了，接著過了一小時後又復生。就像許多人所說的一樣，陷入一種假死的境地裡。我不知如何向醫生清楚說明，那些瀕臨真實邊緣的夢境有多麼飄渺多彩。我拚命上Google查詢，想找到和我有類似經驗的人。在短暫壞死而又復活的過程裡，有人說他們感到自己是一塊反覆解凍的肉塊。我是如此自疑卻又無法證實，在睡夢裡發生什麼事真的沒有人知道。」

「這是什麼時候開始的？」我收回了手，但那冰冷粗糙的感覺殘留不去。

「三十二歲。在另一次這種詭異的劇烈經驗之後，我開始留長髮、穿黑衣以及黑褲。這種行為連我自己都無法解釋。而且開始對拍攝兒童有了強烈的渴望。」

我在口袋裡細數那些發泡棉片，想像它們發出聚丁二烯膠的臭味。那是一種文明的痕跡，歷史的切片。3M牌魔術膠具有燃燒後無色無味的配方，能夠大量使用。

鮑伯走了過來，興致盎然的站在一旁，似乎希望剛剛的話題能繼續下去。他穿著白袍，胸口插著藍紅兩色的原子筆，站在我們面前，笑容滿面，像個要替病人打針的醫生。

「我只是來提醒兩位，我們等會兒要清理會議廳，好讓其他同仁們可以在晚一點時使用。」

一位身穿塑膠背心的老人出現在門口，將綁有兩根竹竿的手推車停在會議廳外頭，神情緊張的走了進來。我認出他是大樓聘僱的一位清潔員，名字叫做老李，因為曾經給裁員四次而令我有些印象。這裡對他而言有些陌生，他不知該先做什麼，只好靠牆站著，一臉急切地等著誰能對他說話。我點頭禮貌問好，他注意到了，也有了反應，彷彿是那隻關在十八樓靈長類實驗室裡的紅毛猩猩，窩在角落裡垂眼縮肩，自發性的總會對著玻璃窗外的人微笑。

馬芳依然坐在遮光棚的底下，漠然的看著機器內一再重播的影片，神情疲憊。

應該有好一陣子了，她近來有些無精打采，鮑伯提醒我，那可能是她四十五歲生日過後那天開始的。他說，上了年紀，生日就不再是一件令人期待的事，因為實在地過了那一天，自己便無可反駁的又老了一歲。但那沒什麼了不起，別忘了我們上面有不少的人更老，難道他們全懷憂喪志地在過活嗎？沒有。多數人反而愈加積極，活得更快樂。為什麼？因為他們選擇忘記時間的存在。他們邊老邊做功課，為更老的那一天準備，忽視生命日漸消逝的朦朧感知，許多宗教信仰已經證明這個想法是行得通的，如此多人循此途徑開心過活，馬芳才四十五歲，又為什麼不行呢？

鮑伯不想看到他的好同事陷於低潮，希望我能夠勸勸馬芳。他說，畢竟我現在絲毫與年老扯不上邊。不是嗎？

「聽說你們打算接著作西藏專題？採訪住於拉嫫拉錯湖（Lhamoi Latso）的轉世靈童？」

說話的是鮑伯。他不知何時也去拉了一張椅子，加入我們的談話。

「這是否表示如你們說的，你們嗅聞到一種真正的趨勢，人們已經從單純的信仰，轉移至更具主動性的療癒上頭？就像在精油香燭圍繞下打坐，或前往某個高山古道中慢跑的舉動一樣？」

「你說的沒錯。」寶哥說，「我們一直希望能接觸到真正的西藏靈童，他們是現代人的新精神指標，可能的話我還會邀請多個靈童一起來《好孩子》進行專訪。只不過現今的轉世靈童實在多到令人眼花撩亂。到底最具可信的是哪一個？如此多的活佛難道不會稀釋掉這個信仰的力量？幸好北京聽到了這些聲音，幾年前頒布了藏傳活佛轉世管理辦法來遏止這股亂象。預言、徵兆、試驗，籤選、全部有了條文規定，符合規定的活佛便可獲得北京認可。據說是一張證書，明定該名孩童是從哪位圓寂高僧轉世而來，又將要繼承哪些名字。這可是一張跨越陰陽的身分證，足以說明自己是貨真價實的真正靈童。」

「沒錯，人們想要的是去信仰一種可靠的說法，持有活佛執照的靈童就是其中一種。」鮑伯說，「祂具備科學性，正當性，看得見，值得追隨。似乎真的是如此，現今的宗教已經失去了吸引力，不再恢復祂出道時的神采。這麼說對不對，磕頭哀禱已經落伍了，現代人需要更強大的靈魂武裝，更實際的作為來面對日愈複雜的生活威脅。你們也許沒有這樣的感覺，但我有，而且在耶誕節過後尤其深刻。從前我信仰天主教，受洗時還隆重地穿上印有教宗的T恤，但後來我不信了。這個宗教既老又過時，不能理解我迫切想要獲悉生活真諦的渴望。你們要是看到我那一箱箱的耶穌鑰匙圈，四處收集來的教堂明信片，就能了解當時我的選擇有多傻。」

鮑伯一向對工作充滿熱忱。他不止一次提到，希望在世界各地都能看到克隆生命的存在，如同米其林輪胎或者可口可樂立在荒郊公路旁的招牌一樣。他對時事及政論十分敏感，嚮往「生存遊戲」一類的好戰運動。他賺的錢有一大部分換成了槍械模型囤積在公司的庫房內，持續了好幾年，那可是一個不少的數量。他始終隱瞞這個祕密，他的老婆以及兩個女兒對這件事，以及他本人在公司幹些什麼全都一無所知。

寶哥捲起了袖子，一邊看著自己蒼白的手腕，一邊說話。他似乎在檢查皮膚底下那些青色的樹狀靜脈，過一會兒後我才發現，這個黑衣男子掛慮的是手腕上那個顯露著金屬寒氣，白鐵材質的精工牌大型手錶。

這只行走著時間的冰冷金屬、是否便是他手腳冰冷、氣血循環不暢的肇因。亦或他是否有了預感，自己的時日已到了要分秒計較的時刻？我想像著他的夢魘，一個再平凡不過的夜裡，一覺不醒。沒有刻骨銘心的掙扎，也無垂死的徵兆。死亡是如此自然地帶走他，直到他一米八的大塊頭剩下一具被掏空的肉塊為止。沒有什麼理由。

他是否因此才想扮演穿著一襲黑色裝束的死神？全身黑衣黑髮，如古代的儀式裡那些想驅走死亡的祭品一樣？

老李加快速度收集會議廳裡的便當盒，魚骨頭或是支離破碎的雞腿。他將各種瓶罐分類，裝進回收用的米色麻袋裡。他現在看起來好多了，勞動似乎令他恢復了自信，專注一致地在撿拾垃圾。不服老。這個字眼多適合這位穿著塑膠背心與長筒膠鞋的長者。他演繹著這種古老精神，半駝的穿梭在我們所有袖手旁觀的人之間，帶著一點汗酸味，勤快的令人感動。

我想起去年我曾見過這位老人許多次。他腰掛一條毛巾，推著木芯板兩輪車穿梭在樓梯間。許多人不曉得他叫什麼名字。他在洗碗槽以菜瓜布洗刷廚餘桶的時候，一旁的人叫他老李。他伏在地板上以湯匙刮除口香糖黏漬的時候，從他臉前經過的人卻叫他老王。怪的是他總是會有所回應。

想到他也讓人贈與名字，我覺得倍感親切。

老李似乎處在一種不願停下來的勞動之中。我想請他從茶几底下出來，不要再與塑膠套奮鬥了。他卻躲開了，伸手移動旋轉凳椅，拿起檯燈仔細地擦拭桌面。

他意識到我一直注意著他，四目交會時，他又發現沙發腳墊底下壓著一塊糖果包裝紙，像找到救星一樣撲過去，試圖抬起眼前的巨型沙發。這個老人到底是因為我，或者是他自己，還是因為這室內的異味，而讓自己非得如此拚了命才會感到自在？

他還注意到了四溢而出的異味是從袋裡的垃圾傳來的，於是使勁地往裡頭踹踏，直至些許腥臭汁液溢到地面，他才氣喘吁吁地停下來，一臉懊悔，隨即又趴下來開始抹地板。

那片發亮的不鏽鋼門板上，只有一塊模糊矮小的人影。它遺失了大部分的影像。我得相信那些色塊的倒影就是我現在的樣子。

馬芳走到紫外線燈罩下，那是為了製造某些影像效果運來的。這種會散發臭氧的低瓦數光線具有殺菌力，也用於生化產品的製造上。她沐浴在紫色的光暈中，緩緩移動她在光線下的身體，只偶爾朝這邊打量上一兩眼，像一具櫥窗內的展示品。

我們一起看著她，揣測著這女人的心思。她也許覺得自己的老化是因為充滿細菌的關係。這個錯犯得無可非議，即便是旁觀者如我們，都曾想過每一個能使自己年輕的可能。儘管它如此荒謬。

鮑伯覺得我壓根兒和衰老無關。我只能苦笑。我感覺我才是那個離死亡最近的人。我與死亡之間沒有儲備距離，我體衰氣弱，感覺下一個明天或者下一秒就會被死亡襲來，頹圮的倒下。

這可怕的預感來得毫無來由。誰能替我解釋？誰又能幫我？

我們幾個都注意到玻璃窗外傳來一記悶響。寶哥拉起百葉窗，發現窗面的中央留有一塊淡淡血痕。我們這才想起，此為這間會議廳特有的景色，那些乾掉的汙漬全是撞上窗戶的鳥所留下的。我們臨窗眺望，西方的高樓與遠山已經染上一層金黃薄暮，一隻脫離隊伍的鴿禽翱翔在空中，朝著建築群飛來，每滑行一會兒，就拍動幾下翅膀，姿態優美。不過，沒多久，我們就猜到這隻鳥前進的方向正是這棟大樓。牠朝這片如天空般的帷幕外牆飛來，越來越近，終於，咚的一聲狠狠地撞了上去。我們嚇了一跳，急忙上前，總算來得及看見牠如一條灰色抹布，墜落在這片氤氳城市的幻影裡。

3

連夜的雨一直下到今天早上，看來還無歇緩的跡象。天空很低，雲層黑壓壓的，冬季的雨使這產業園區增添了一股厚重冰冷的氣質。窗面滑落一條條蜿蜒的雨滴，凝結成塑膠邊條旁的水漬，我再抹去一次水霧，看出去還是一片濕淋淋的風景。

台北金融摩天大樓仍在倒數，但時間的流逝已不可見，它隱沒在滾滾的雲堆之中，只剩迷濛的航空警示燈在高空裡閃動。

這城市徹底地冷卻了，靜止在這片雨景之中，變得生疏而又陌生。紅磚道旁漫起細細的流水，皮骨分離的雨傘在路中搖晃，暗巷裡的招牌燈光，飽滿油亮的廣告字體，行人、車輛、冒煙的大樓屋頂以及三三兩兩的野狗，全在雨中輕輕顫著，恍如一張跳動失焦的照片。

那個以報紙遮頭穿過馬路的男人，似曾相識。我們肯定在哪一個凝停片刻中迎面相逢，或者交換一個漠然眼神。

但那又是何時何地呢？

時間一分一秒的經過，將世界縫織的緊密不可分離。

一大清早，來人寥寥可數，馬芳卻早已到了辦公室，在茶水間內忙進忙出，張羅著那一杯她每日飲用的養生飲料。她問了聲早，帶著一種混合了藥草和乾燥泥土的氣味和我錯身而過。馬芳是那種對自己外表十分敏感的女人。她的五官有點混血兒的味道，眼窩深邃。她隨身帶著小鏡，細心保養，卻從某個時期開始不再化妝上班。她和我透露，這是因為她留意到，和小她二十歲的新進職員比起來，她這個年紀在妝顏上的過分努力，只會更加顯出她的利空出盡。

半小時過後，她的分機沒接，我走到那堆滿耶誕節飾品的隔間，赫然發現她人在座位上，雙眼闔著，端正地將雙掌互疊於胸，口鼻齊用正在一吸一吐。我站在她後頭，瞟到桌上一本攤開的圖書，照片裡的女人穿著韻律服，端坐合掌，身上穿插著許多紅色箭頭，似在引導一種能量。

健康的四十八種呼吸法。這書名如是寫著。

從四十五歲生日那天走出來的她，看起來真有了些不同。馬芳專注地在呼吸著，從三吸一吐變為二吸二吐，再加快為一吸二吐，額頭上開始出現點點汗珠。我曉得這是一種日趨明顯的症狀，如同鮑伯所說的，馬芳聽從了建議，正試圖透過治療來減輕年華老去的負擔。成天敏感異常，挖掘生活中的問題，找出身心靈的癥結點。

我怕驚擾到她的練功，只好走了回去，按下電腦，等待開機畫面的圖標啟動我一天的工作。那圖標似遇到了困難，糾結在一個看似當機的運轉之中。

稍早時，在茶水間洗杯子的時候，馬芳悄悄地來到我身旁，猶豫一會兒後問道。

「上星期採訪時，你有沒有覺得那個人有些怪怪的？」

「哪個人？」
「寶哥。」
「寶哥？」
「嗯。」
「是那個雜誌的攝影師嗎？」
「就是他。陰森森的長髮男。」
「怎麼說？」
「他和你說話的樣子，還有他看你的眼神。這麼明顯，你不覺得嗎？」
「不怎麼覺得。」我說。
「他看起來好像一種人。有點邪氣。」
「好像一種人？妳到底想說什麼？」
「讓我想一下。」
她停頓了好一會兒，懷著心事般又走了回去。

近來她燙了一頭我們我們未曾見過的大鬈髮，蓬鬆油亮，頗像花了不少功夫。這改變是我們樂見的，鮑伯和我都稱讚很好看。她有一副略粗的骨架，雙肩也有點過大，鬈髮讓她看上去更有點像是外國人。以往，像今天這樣連綿不絕的雨天，當她送完小孩上托兒園，一身狼狽地出現在大門口時，微笑之中總會多出一種寒磣的淒苦之感，令人覺得走進來的是一個喪偶的男人。這頂有精神的髮式讓她看起來好多了。

現在換我想知道寶哥到底哪裡怪怪的了。

「妳還沒和我說呢。」我趴在她座位旁的隔板上，若無其事的問。

馬芳緩緩地睜開了眼，處理了最後一口氣若游絲的呼吸，將雙手舉高後徐緩放下。她彷彿剛從某個異境歸來，攜回一種莊嚴卻又不存在的禮物，兩腿向外開開的坐在聚酯泡棉製的滑輪椅上，看來有些禪宗大師的氣勢。

莫非這就是正確呼吸法的效用？我想起書頁上那個女子，氣定神閒的漂浮在一片純白虛空之間。上衣和褲子都有耐吉的商標。

「到底寶哥哪裡怪怪的呢？」我又問了一次，為了她意念終於的回歸而加大音量。

「他想要你。」

「什麼？」

她呷飲一口冒著熱煙的茶，草藥味在辦公室內瀰漫開來。她的眼神在高聳的眉骨和保溫鋼杯口間顯得又冷又硬。

「他想要你。」

「什麼叫做想要我？」

「他有一種想要接近你，擷取你的意圖，而我看在眼裡，你對此毫無所知。」

「妳是指那些天拍攝以及採訪的狀況？他和我講話，調整我的姿勢、叫我在他的麥克風上試試音量的那幾天？」

「當然，還是你們在其他時候還見過面？」

「沒有。」

「那就是了。」

我想了一下，試圖回想起當時的情景。

「妳為何如此有把握？」

「只消看幾眼就夠了。」她說，「我是一個單親媽媽，獨力照顧一個四歲半大的女孩，有誰能比我對這種事更加敏銳？我提醒她，與她教學互長，也提升自己的敏銳度。哪些事物不能接近，碰了什麼東西後要洗手，背誦幾組假電話號碼以應付危急狀況，在人群中分辨是非好壞。從她聽得懂我說什麼的那個年紀，她就是一個敏感，有禮，但保持戒心的女孩子，足以獨立生活。」

「妳說的那女孩是不是嬌嬌？我們見過一次面，那時她還這麼小。」

「嗯。你那時也沒多大。」她說，「看上去就像一對小兄妹。」

「那麼，為什麼妳現在才說？」我問，「這麼形容可能有些牽強，但我們相處的時間比妳待在家裡的時間還要久。一天下來相處八小時，難道不值得妳抽出空走過來提醒我一兩句？而且妳還沒說清楚他想接近我是什麼意思。」

「我得找出一個恰當的字眼來形容當下的感受，這情況可不是天天都會遇見，一時半刻哪能想到。坦白說，最近我實在沒有餘暇再替別人操心，我正在調整一種新生活節奏，因此看出去的東西都變得有些古怪。」

「我也是，連假過後，我看任何人都覺得怪怪的。妳說得很好，我不怪妳，當天妳實在很忙，沒有辦法靜下來找我說話，光是站在那盞紫外線殺菌燈下就花了一小時。」

「沒錯。」

「那麼。」我看著馬芳問，「妳的感受到底是什麼？他接近我是什麼意思？」

「那個大個子。」她說，「他是個有戀童症傾向的人。」

「戀童症？」

「對。」

「我沒有聽錯吧。」

「沒有。」

「妳覺得他自己知道嗎？」

「我不知道。那可能是一種心理傾向，一種冥冥中的需要。就像你們在背後說我該好好醒醒，面對現實一樣。我現在終於承認自己四十五歲了，面對自己不再年輕的事實。但我也掙扎好長一段時間。事情就是這樣。我們當下都不曉得自己正經歷些什麼。不是這樣嗎？」

幾天後寶哥親自送來了採訪稿以及錄影的記錄檔，順便來與我道別，這個黑衣長髮男即將離開國內一陣子。

在那個樸素、顏色單一、有著銀色窗簾以及桶裝水開飲機的小接待室裡。他很遺憾接下來的校稿及發行得由他人暫時接替，因為在遠行的旅途中他無法處理雜誌的工作。

隔著一張鋪著玻璃墊的長桌，在數疊過期報紙與週刊之間，我們找到一塊角落，能讓寶哥使用那臺書本大的螢幕播放影片。書本裡頭那個人物在說話，在一片闃黑的液晶玻璃片下，他從中浮現了出來，像一面鏡子裡的倒影，既立體又光滑。我們都不講話，一起聽著這人物侃侃而談。他有著淡黃色的雀斑、一頭捲軟的頭髮，說著一些既遙遠又熟悉的事蹟。他停下來的時候習慣咬著指甲，此時會有一道閃光從外頭打向他，那錯愕的樣子很可笑，好像一個蹩腳的臨時演員在模仿我。只看了一次，我們便決定把這幾個片段的他都給剪掉。

惜別一刻。寶哥從長桌那一端繞過來與我握手，擁抱。這個全身冰冷的男子，輕抓我的後腦勺，不能解釋他為何離開，只是低聲承諾著說他會回來。這是一種異樣的感覺，猶如浸躺在浴缸裡洗冷水澡。他的精工牌手錶不斷敲到我的頭，滴滴答答的響。送行的門在迎接他，自動門外吹來一股滾滾熱氣。我終究沒有問他要去哪裡，這個心臟不好的大個子想要遠行，告別這個城市，其實也不需要什麼目的地。他來到窗邊久久的凝望，遲遲不走，也許想讓這張臉被底下的景色記住，直到化為那光影中的一塊輪廓，永恆的和這城市居住在一起。

4

午休時走進整修不久後的研發處，映入眼簾的是一大片等身高的棕色隔板，切割出每個人的空間，桌椅都在二個米平方內，於此構成了辦公室內的主要景觀。百葉窗也換新了，地板打了薰衣草味道的蠟，走道的盡頭現在種有了樹，修剪的和一旁的影印機一樣方方正正。

外出用餐的人全還未回來，我在每個人的座位間東張西望，讓思緒在狹窄的走道間舒展，看看那些種類繁多的原子筆、不知用處的飾品、貼在磁鐵下的筆記、圈著記號的桌曆或電話旁的塗鴉，瞥一眼回收紙的背面印些什麼。這私密又透明的空間儲存大量訊息，桌上滿是日常活動的痕跡。空調在頭頂上微弱的運轉著。

我來到休息室，數個月前這裡什麼都沒有，現在卻有了供應咖啡的吧檯、哺乳間，以及一間簡單的急救包紮室。包紮室內裝潢陽春，卻有一臺龐大的體外心臟電擊機。

我曉得這臺昂貴、以橘色的壓克力盒裝備起來的機器，是一種在急救無效的最後，以兩顆熨斗狀的貼片在病患胸膛上傳遞電流，刺激心臟的設備。這臺挽回性命的鐵盒原本堆放在一間漆黑的雜物庫房，沒有人知道它現在為何在這裡。只知道那是由總務課一名中年女性所負責。她名叫劉敏，是馬來西亞的僑胞，據我所知，人人都在桌面、牆面或是電腦螢幕的角落，貼著寫有她分機號碼的紙條。奇怪的是她人緣很差，總是一人獨處，在人前人後安靜走過，沒人願意認識她，向她打聽這臺機器，或走去與她講上一兩句話。

我拿起設備上那條附有扣環及魔鬼氈的寬扁帶子聞了聞，那布面織有金蔥纖維，散發些許的燒焦氣味。

「那是束帶，是固定身體用的。」劉敏不知何時出現在休息室裡。

「你知道嗎？」她輕聲問道。

「不太清楚。」我說。

「有些人對大電流特別抗拒，他們會不自主痙攣，到處亂跳。若沒有牢牢繫緊，連一位超過百公斤的男人都會失去控制，蹦到擔架下面去跌傷自己。」
她戴著那獨樹一幟的包頭長巾，高領的米色衛生衣，雙手輕闔在小腹前方，以十足的女性口吻幽幽嘆著氣。
「那是實作課堂上的影片。他叫做安強，是個臉色發紫，肚皮上有一道十七公分長傷疤的大個子。」
「挺有趣的。」我感覺有些口乾舌燥，腦袋裡盤錯著些破碎的畫面。那兩條彈性滿滿的帶子是如何陷入身體的肌理？它適合我這種小個子嗎？我拿著兩片電光嗤嗤作響的熨斗，死亡離的這麼近，而我在攻擊他，與他唱反調。在一具飄散焦味的肉塊上，他張牙舞爪，隨時都能將我帶走。
我將帶子掛回原處，同時發現在這臺機器內嵌的面板上有個在閃動的視窗，那是一個小小的鐘，顯示著12點34分14秒。這表示若想小睡片刻，最好現在就離開。
「你有興趣嗎？」她試探性地問。
「沒有，我只是進來看看。這裡有很新的沙發椅，還有一臺咖啡機。不錯，可惜我不太喝這種會失眠的飲料。」
「你想試試看嗎？我能夠教你。很快的。」
「知道公司準備了這麼一臺大型的設備，很令人窩心。妳看這些結實的帶子和扣環。」我摸了一摸，準備隨時溜走。
「太可惜了。」她先一步走到門口，哀怨的說，雙手依然闔在腹前。
「你不想練習一下嗎？萬一那個需要電擊的人是我的時候，這裡頭只有一個人受過訓練，很不幸的那就是我。我躺在地上，露出我的胸脯，扯掉我的頭巾，卻沒有人把我從死亡的手裡搶回來。」
「妳想得很周到，但我不認為我們會有用到的一天。」
「那麼，為什麼是我去學呢？沒有人想碰這臺機器。到時我會露出我的胸脯，披頭散髮，奄奄一息的看著你們搶著研究說明書，卻沒有人想要第一個動手。」
「就算會也不會剛好是妳。」
「每個走進來的人都是這麼說。」她搖搖頭地說，「那只需要放在皮膚上，將開關打開充電，對準目標後離開雙手。只比拿平底鍋煎一顆蛋來的困難一點。你們為什麼這麼排斥呢？」

「樂觀一點，那種事不會平白無故落到妳身上。想一想，因為妳會使用這臺救命的機器，所以心臟病恰好也發作在妳身上。這種事情的機率有多高？」

「你保證？」

「我保證？為什麼要由我來保證？」

「因為連你這樣離死亡還有一大段的小孩子不保證，那還有誰能保證？因為它就擺在那裡，充好了電，好讓自己隨時能派上用場。」

「因為看著它讓我們感覺自己健康無虞。」我冷靜地說，「我們越對它陌生、越對它輕蔑、感覺就越好。這麼久以來，妳看過誰使用那玩意嗎？」

劉敏想了一想，低頭不語。

「那表示我們對突來的災厄的態度是冷漠的，根本不屑一顧。我們寧願花大錢買一個安心。妳知道嗎？相信這樣論調的人都活得更長更久。這可是統計出來的，不是隨便亂說。」

「為什麼呢？只是因為心臟麻痺的發作機率比不上慢性糖尿病？這是什麼道理。」她說。

「李德妳應該認識。那個穿著大鞋，總是在無塵的生產線裡咳嗽的人。」

「那個會猛打自己胸口的男人？」劉敏出現了一絲笑意，好像我們提到的是一位兩人都認識的老朋友。

「就是他，克隆生命的一片固定式風景。」我有些得意的說，「李德可積極多了。他是一個以健康檢查維持活力的聰明人。他只相信自己會死於慢性病，對於急性症狀毫不在意。這是他的生存之道，妳聽看看有沒有道理。從事慢性病醫療的專業醫師幾乎是急診室裡的好幾倍，質與量都遙遙領先。換作是妳，能夠選擇的話想被送進哪一種醫師的懷裡？是慢工出細活的內科醫師？還是有汗臭味的急診室住院醫師？」

我試圖安慰她。但其實我想說的是，如果可以選擇，我哪裡都不想去。

她又笑了。恢復了更多神采。太好了。

「他看起來很像我們家鄉的一些男人。」她說，「吸了城市裡過多的矽、戴奧辛、玻璃纖維、煤渣與芳香劑而被送回老家的橡膠樹園裡。一邊收集樹液，一邊等著肺病終結他們剩餘的日子。」

逃生梯內那總是誤報的警鈴又響起了，隔了數個月後再次驚人的出現。貫徹心扉地穿透好幾層牆壁直達了過來。劉敏還在說話，但我得加上自己的想像力才能知道她在說什麼。淌著汁液的紅毛丹、黏膩的樹液與滿蓋天空的蟲蚊，她掐著自己的脖子，竭力地形容那些男人臨終的樣子。鈴聲隆隆大作，再過一會兒，這誤報事件會讓一個有嚴重鼻音的男人出來廣播。他會在天花板內的擴音孔中道歉，提醒我們不要當真，不要慌張。他會操作那些儀器，在那一頭弄出些空洞遙遠的聲音，讓我們留意到他正掌握住局面。

而我們永遠不會知道他是誰。

尖銳的聲線開始嗡嗡回響，在空間裡來回撞擊。我仍然注視著對方。劉敏也是。我們對此警報十分了解，並不受打擾。就讓她暢所欲言吧，我只是感到太陽穴緊繃的有點受不了罷了。那割裂式的音量開始令人暈眩。我看著劉敏那塊包著灰巾的腦勺，漸漸感到鈴聲似乎減弱了，平息了。但其實並沒有，只是那鈴響內斂成了一種更深層、更本質的東西往體內汩汩而來。

我只想待在長命百歲這一國，離生老病死遠遠的。我才不在乎別人是怎樣。我對我自己說。

那聲音走了，瞬間消失，時間恰如我能忍受的極限。鈴聲走的乾脆，卻留下幽魂似的纏繞悶響，層層疊疊的徘徊在空氣裡。我發現仍是這種在腦裡殘留的鳴叫最具殺傷力。我眼冒金星，看見那聲音所構成的無數粒子，在一片淡黑色的霧面隔間牆上遊走。那牆貼有一張中華航空公司的海報。名模林志玲從座艙往外看，對著一扇蛋形框內的白色風景微笑。

「不！我該怎麼辦，誰來救我呢？」

一切總算結束在這句沒頭沒腦的話裡。劉敏雙手闔住了臉，輕輕地哭了起來，取代了這幻境式的聲響，咽咽的流淌了開來。

我這才想起這位遠赴異地工作的同事，很容易瀕臨哀傷的情緒中。幾乎算是一種天分或是民族特長，這也許是培育她的人沒有想到的。誰能比劉敏這樣的人更適合看護這臺機器呢？

我留下劉敏走回辦公室，雙腳有些發痠。午休還未結束，天花板上的燈仍是熄著的。每個人的電腦全停留在待機畫面，一排看過去十分可觀。變成方塊的時間在螢幕上翻滾，顛倒，搖擺。12點55分30秒撞到螢幕的上緣又彈回來，撞到下緣也彈回來。12點55分37秒那裡頭有一張臉，往深不可測的黝黑中不停跌落。時間是立體的多邊形，散發著光澤與死亡的速度感。空調出風口不知給誰貼著細長的紙條，輕飄飄的吹著。

5

十九樓通往東亞大樓的空橋長廊，是一成排連綿到底的落地窗。落地窗總是給我許多靈感，我喜歡這片透明的影像，居高臨下觀察外邊究竟發生什麼事。我研究人的行為，提供市場研究部門必須的資訊。這些數據都藏在城市裡，給水泥砌成的網路包裹起來，流動著稠密的訊號。電波與光波，無線和有線。訊號無所不在，那是築成一個人情感、家庭、近視、憂鬱感和衝突的基石。我站在這裡，舉目窺探每一處細節。

對面的一棟集合式住樓裡。十二或十三樓吧。一個白髮蒼蒼的老男人，走進一個女子的房間，拉開抽屜後找出胸罩穿上。他來到鏡前，開始緩緩舞動，在房裡穿梭著。他高舉著手機，渾然忘我地拍著自己。

制高點是一種有利位置，得以不受干擾地俯瞰全貌。競築高樓便是來自這種需要。一座大樓林立的城市，代表著的是它突出的不俗。視野帶來的深度，使得城市更加複雜也更加具有層次，只能遠觀仰望。如同「城市系列」那些在塑膠底座上動輒有數十層樓高的建築模型一樣。這是種原則，彷彿一想到城市，就會聯想到那些高聳的跨河陸橋，廟堂裡的統治者巨像，或者印在馬克杯上的高樓群一樣。

克隆生命裡也有這麼一座毫不遜色的城市，那就是「台北」。克隆生命的立足點，展望世界的遠窗，東南亞的富庶之地。這城市以玻璃纖維和混凝土打造，抬進市場研究部的展示廳內時動用好幾個大男人。「台北」有著恆溫的空調以及均勻的燈照，還會有老李這一類的人清掃，於是任何時候它都皎潔如新，像極一座永不毀壞的城市。

這是一座充滿細節的城市，有畫著M字的麥當勞、畫著紅十字的急診室、必勝客披薩、全家便利店、百貨公司、自來水公司、天然氣公司、殯葬公司、花卉盆栽公司、徵信公司，優必速快遞以及聯邦快遞。城市人以各種方式生活在這微縮世界，出現在各種風景與街景面前，除了臉部模糊以外，姿態皆是從容大度。怒氣衝衝的計程車司機、睡在紙箱上的乞丐、牽著腳踏車的塑膠流浪漢。這些邊緣人物特別被增添進來散落在各處，使人想起身邊確實有很多這一類東西。

「台北」，當然也有高樓，一座塑膠製的台北金融摩天大樓，並安裝了一顆LED燈泡於塔頂。當電源啟動，銀色的光芒緩緩拍打大街小巷，連續的陰影會使整座城市顯得更加迷離浮華，使人開始有種時光飛逝之感。在這座模型的面前若停留的夠久，便會發現在摩天大樓前的空地上，安置著一些塑膠巴士與遊客。這是為了百年後的台北所新加入的情境。為了慶祝這新年交替的一刻，小人兒勾肩搭背，在散發迷濛光線的樓柱前合影留念。三個小人兒沒有眼珠與輪廓。一灰一紅一籃，身體黏在一起，舉著勝利的手勢，令人油然生起一股對這擬真城市的敬畏。

可以這麼說，克隆生命的報表數字、行為回饋、大小決策，都來自這種真實與虛幻的觀察。在「台北」面前，我們市場研究部的人，彎著腰看，繞著它想，有時變換那些塑膠人偶的位置，思考那些紙糊的窗戶裡發生什麼事情。不可思議的是我們還真的看見了。人們不單單只在那小小的屋裡走動，也在我們的注視下吃飯，睡覺，感冒，或者躺在床上死去。如此地自然。

更重要的是，那不是一種幻影，我們全都像親身體驗過一樣，能夠理解這些塑膠在做些什麼。

「你在發什麼呆？」馬芳在電腦螢幕上的問話把我拉了回來。

我從座位與座位之間找到她，遠遠的在幾公尺外的隔間裡，埋首於桌前，一個寬肩的女人滿臉正經的看著螢幕。四周電話聲此起彼落，有人咬著筆、有人站起來喊話，有人在給影印機送紙，另有一些進不來的人在外頭拍著玻璃門，露出一對小心翼翼的眼睛。

馬芳打了一個哈欠。

「思考一些事情。」我說。

「是嗎？和什麼有關係？我也正在煩惱一些事情。」

遠遠的我似乎看見她在笑。

「只能是工作，不然呢。」我回答。

電腦裡的群組傳訊功能在年後可能被移除，改為附有攝像功能的晤談系統。此舉褒貶兼有，但我贊成這項改變。文字交談帶有的距離，使人得以藏匿在身後。這不利於公司文化的凝聚，長久下來產生出許多個人主義者，婚外情，或是不利於公司的謠言。喜愛文字傳訊的人老愛在語意間打轉，試探對方，敲敲打打鍵盤送出隱晦字眼或是語焉不詳的符號。我是這種訊息系統的低能兒，老是不知道那些字詞代表的意義，一再的表錯情。我喜歡在螢幕上看見彼此的臉，尤其是這種新設施傳輸的畫素很高，每個人都一樣的無處躲藏，只能讓攝像訊號如真地全面解析，輸出舉止間不經意流露的破綻。

「你有沒有覺得，鮑伯的企圖心越來越明顯了？」

「鮑伯？」

「嗯。」

「拜託。妳別又來了。」

「我說真的。他在針對你。只是你不知道罷了。」

「他只是粗魯了一點，對誰都這麼大聲，這點哪裡有變過呢？」

「你看事情很準確，也總是講大道理，但為什麼對人就是如此遲鈍？」

「多能幹的助理，妳又多提醒了我一件事。」

「我們大人的世界比你想得複雜多了。」

「妳的意思是說，我是小孩子嗎？」

「你生什麼氣。」

「我沒有。」

「那麼你何必大聲起來？」

我看了那頭一眼，馬芳遠遠的也看向我這邊。我們兩個都面無表情。

「明年度的晉遷，他的動作很多。」

「嗯。然後呢？」

「市場研究部經理的職缺已經空很久了。年紀、經驗、與上頭的人吃飯的次數。這是他最接近這位子的一次。」

「他是個有能力、有家累的人。這個位子值得他去爭取。」

「難道你就沒有能力？」

「那是妳在懷疑的事情？」

「不完全是。」

「那麼妳就應該專心工作。」

「你在對我生氣嗎？」

「沒有。」我說。

「我們在工作，不談這種事。」

「就因為是在工作，所以要知道這些事。」

操作影印機的人在拍打紙匣，接著把紙匣推送進那臺大玩意裡，弄出些令人難過的聲音。他是一個把袖子捲到上手臂的男人，有兩只很厚的眼袋，看上去有些神經疲勞。一種鐵質的碳粉氣味飄了出來。他大罵著，混蛋。接著大玩意卡紙了，從內部發出了嘆息似的聲音。

「十九樓的人今天又刮了一整天的蟾蜍皮。」

「妳應該說萃取。」

「也萃取蝸牛、海參、還有一些我叫不出名字的東西。真不敢相信有人會把這些東西塗在臉上。」

「聽說也能吃。從前那種東西只能丟掉。」

「太可怕了。」

「如果能讓妳年輕幾歲呢？」

「什麼意思？」

「我是說如果那能延緩老化呢？妳會拿來敷在臉上，或者吃下肚嗎？」

「那是騙人的。」

「不錯。妳不會被自家商品給騙倒，但其他種產品呢？我打賭妳應該試過很多吧。」

「我還在尋找。反正我們總是缺乏志願者，有免費的我為什麼不試看看呢？重返青春年華是一種探索，是一段需要尋尋覓覓的過程。你有沒有看過深夜的重播電影？就是一些我到現在還不曉得片名的功夫片。」

「當然看過。」

「那些男弟子要拜師前都得經過試煉，以考驗他是否值得接收老師父精藏一輩子的功力。這是重播至少十遍後終於被我看出來的東西。」

我想像穿著印有卡通人物T恤的馬芳，收起她那過長的四肢窩在雙人沙發椅上。後頭的冰箱上貼有她女兒在托兒園時完成的美勞作品。她會戴上眼鏡，讓那些從電視送出的午夜螢光將她充滿。影片中的人拳打腳踢，發出如同擊破紙張的音效。

「老師父打扮的像個乞丐，盤腿打坐，一雙洞察世事的白眉垂眼，看著不遠外的弟子練功吃苦頭。」

「沒想到妳也愛看這種低俗影片。」

「深夜裡播的全是這種復古的節目，但是那些男演員現在居然都沒變，個個皮膚緊繃，難道你不覺得這和他們脫胎換骨的練功過程有關係？」

「也許青春是一種神祕的窖藏。」我說，「它需要用最古老的方式傳授。拳打腳踢、戳破水罈、以兩根手指頭倒立。師父只教你做，不告訴你為什麼。因為祕密只能意會不能言傳。最後，大功告成的徒兒們一身亮眼的肌肉，穿上師父的乞丐裝，吸收師父的能量後，煥然一新。」

「嗯嗯……你說的很對。」她說，「要找回它沒那麼簡單，至少不會出現在開架式商品架上。」

「它必須獨一無二。越少人知道越好。」

「沒錯。」

「青春就是一種接收，就像換上一具有能源的身體，像把另一個人穿進去。」

「可以這麼說。」

來公司拜訪的人從門外給帶了進來。個個穿著合宜的西裝，客氣地在長廊間走來走去。他們逢人就問。請問廁所在哪裡？

「十九樓最後還打翻了那個裝滿黏液的破簍子。剛從樓上回來的人說，他們拚命找，還是少了四隻蟾蜍。」

「就讓牠們繁衍下去吧。」

「我不想去那個腥味沖天的地方。」

「為什麼妳得上去那裡？」

「如果鮑伯當上主管的話。他會把我調走，最有可能的就是十九樓，因為我什麼事都不會做。」

「妳不會的。」

「我希望現狀不要有變動，能一直待在你這裡。鮑伯不太喜歡我。」

「不喜歡他的人也很多。我隨便都可以舉出十幾個。妳曉得他有一些毛病。我隨便說也可以有十來個。」

「你說出來了。」

「什麼？」

「你透露了自己的想法。你並不喜歡他。你只是假裝和他是好朋友。」

「這是妳說的。不是我。」

「承認吧。」

馬芳的位置就在辦公室進來靠門口的地方。在除舊布新的新年前夕，她在玻璃門上以噴罐寫下祝福我們的泡沫字體。一株壞了幾顆燈泡的耶誕樹還立在門邊，閃著殘缺的光線。樹下的飾品她還不肯收拾，散落著成堆的塑膠麋鹿還有保麗龍禮盒，掛在牆邊的雷射彩帶七零八落，老是絆住經過的人的腳，引來一聲驚呼。

這個女人是不是太閒了呢？她雙手攙扶著美耐板置物櫃緩緩起身，將全身重量交由櫃底的四個滑輪引身而立，屁股朝著這頭伸了一個懶腰，露出裙子與襯衫中間那一塊皮膚。不。那不是皮膚，而是一種肉色的束腹。又打了一個哈欠。走過她前方的人抱著一疊卷宗，弓著身子以下巴緊緊壓住。會不會有人這樣想，我這個主管交待給她的工作是否少的別有用心。她雙腿開開的在那裡扭來扭去，什麼體力活動讓她如此疲累？我想不通，也許是連假前的耶誕布置活動。她抬起一隻穿上絲襪的腿，拉直那貧瘠的曲線，似在專注感受下盤的肌力有何不對勁。沒有引人側目的問題，我肯定她本來就想要引人側目。

「偷偷摸摸的在聊什麼？」新的標籤在螢幕底下閃爍了起來，鮑伯兩個字要求加入了這個談話。

「鮑伯，看看這個新聞。」我說，「在一九五九年美俄冷戰期間，一艘名為致敬號的前蘇聯太空船殘骸，將在脫離衛星軌道後的三十八年後，再度回到地球上空，與一九九六年中國發射導彈擊落的氣象衛星殘骸 H207 會合，成為離我們地表最遠、最大的太空垃圾群。妳剛剛對這件事是怎麼想的。馬芳？」

「在經過巴布亞新幾內亞後，」馬芳說，「我們會是第一個看見它飛越上空的華語系國家。」

漂亮，我和馬芳是多麼有默契。鮑伯完全不會相信上一秒我們正在講他的壞話。

「而且猜看看那會是什麼時候？」我說。

「跨年當天，或當夜。」馬芳回答。

「我也覺得是百年那個晚上。」鮑伯說。

「沒錯。」我說，「你們兩個還真有默契。我再告訴你們，我從新聞上知道這些垃圾有什麼。一顆美式足球、鄧小平題字的推進器外殼、林肯號太空站解體後的碎片，包含太空人所帶上去的日常用品。開罐器、原子筆、附框的相片、腸胃藥、消炎貼片、一隻太空犬的骨灰罈（為了紀念第一個升空的哺乳類動物）、俄羅斯套娃、鈔票、藤球、果戈里的小說、杜肯大學籃球隊的球衣、貓王的唱片。這些大至幾公尺，小至只有五公分的垃圾全有編號及追蹤，但全攪混在冷凍的鍍膜鈦金屬塊中飛行。」

「真驚人。」

「這些垃圾以二萬五千多公里的時速在我們頭頂上空加速再加速。你們可要看仔細了，當天晚上它劃過我們眼前的速度快的像流星雨。」

「真難以置信。」鮑伯說，「每秒可以飛行七公里的一本書。作者知道這件事嗎？」

「誰？」

「那本小說的作者。」

「果戈里？他已經死了。」

「幸好他已經死了。」

「死一百多年了。」

「否則他會說不出話來。嘴巴張得開開的。」

「以前的人很容易受到驚嚇。現在的人則不會。」

「從前的人以為天上有神。要是我也會嚇一跳。」

「真的很好笑。」

「沒錯。」

「如果有神，一個好女人為什麼不值得被珍惜，男人一個接著一個跑掉？」

「也有道理。」

「根本沒有那玩意。」

「你說的對，鮑伯。那上面沒有空氣，沒有空氣的話就什麼也沒有。」

一〇〇號。我們特以這簡訊通知你，隱居在捷克華沙，西瓦・沃拉村東部小鎮一處地窖裡的七十六號，已在數天前死於併發肺氣腫。繼六十一號後，我們完全喪失了五〇至八〇中間的所有號碼。蒙主的寵召。他們因為急性衰竭、休克、盲腸炎、日本腦炎或是禽流感，而匆匆忙忙的趕往主的國度。成為祂在天上的牧者。我們很擔憂，因為這些徵兆祂並沒有事先通知。這麼多的意外在這個年末被召喚出來，究竟是為什麼？一〇〇號，我們有預感你將是下一個。你是國度裡頭最年幼，也是成就最高的號碼。跨越了時間的長河，見證祂在地上的奇蹟。那日子很可能在新年前後就會到來。一〇〇號，你是怎麼想？

我一口氣刪了手機裡一大串無用的資訊。未接來電、通話記錄、瓦斯費語音通知、恐嚇我的不明簡訊。數則有關司法機關、連線設定過期、車禍以及中獎的詐騙簡訊。數則有關爸爸在療養院復健進度的通知、五則低利貸款的優惠、一段來自國外的恐嚇簡訊、只有背景而沒有人說話的錄音留言、印尼籍看護工的特價合約、一則預祝新年的動畫、一張似乎是從一處昏暗室內傳出的圖片，上頭有一個面目浮腫狀似噎死的外國人臉孔。

手機只需留住這個簡潔有力的流線型外表、沉甸的鋁鎂合金外殼，以及二十種左右的應用程式即可。那是最完美的狀態。曾經有人為了手機上需不需要天線而出現爭論，不用說，我當然反對這多餘的東西。趨勢也證實了這種走向，連手機上的按鍵都令人困擾、如今的訊息量已是過去的數千倍，我們只需留下重要的東西，就像手機需要時常清空，不要留下任何陰謀、詐騙、或處處引誘人的陷阱檔案一樣。

6

推著爸爸在我們這個社區繞一繞，曬曬天井間的陽光，已成了我與他的固定活動之一。社區不大，從大門口進來就這麼幾棟樓，相隔著一欉又一欉的山水造景。倒是那些石磚小路蜿蜿蜒蜒的，走上一圈，已足我們聊完一週大小瑣事。無風的正午，冬日的陽光醺得令人渾身發軟，這是屬於我們城市的溫柔一面。打著赤膊的男人在窗外曬棉被，社區的警衛騎著無人認領的腳踏車緩緩而過，社區外那個女流浪漢收起了紙箱，躺在欄柵外的草皮上享受陽光。這是少數我能見到她清醒的時刻，日照和煦又耀眼，連子母車旁那一包包的垃圾都顯得閃閃發亮。

「陳何。」

「什麼事，爸爸？」

「你混蛋。」

「怎麼了？」

「我說你混蛋。」

「我聽見了。」

「很好。」

「我們休息一下好了，這車輪子有點緊，該上油了。」我說。

「我不同意。繼續走。」

「就坐這裡好了。」

我找到一塊熱得發燙的石椅坐下，將他推到有陽光及斑斑樹蔭的地方，踩下輪椅上的止滑器，一隻貓從石椅下探出頭，鑽過腳邊後溜進一旁的樹叢裡。那打磨過的石椅很滑，好幾層樓高的陽臺間有小孩與狗的叫聲，空空蕩蕩的在樓面之間回響。

「爸爸，你變重了。我很高興。」

「所以我說你不長眼，從很小的時候就是這樣。」

「從前我們至少可以再走一圈，現在可不行了。我推不動你。」

「早知道就掐死你。這小兔崽子。免得我看了難過。」

「院裡那些人又給你們加了一頓飯。現在你們一天總共吃五餐。看看你結實的。」我說，「頭好壯壯。」

「我以前就勒斃過一個倒楣鬼。他想從廁所的排風窗爬進來。我早等在那兒了。這闖空門的衰人嚇到屁滾尿流。」

「頭好壯壯。」

「喝！我就這麼喝的一聲。」

「都幾點了。」

「他就腿軟了。這混蛋。」

「車子怎麼還不來呢？」

「那時你還在流鼻涕。跟個混蛋一樣流個不停。」

「對，後來我還把他掃掉，用畚箕裝起來。爸爸，你口渴嗎？喝點東西吧。」

我擦了他嘴角流出來的開水，從毯子裡頭找出他的手來，也給他的臉朝同一個方向，讓他們全都能曬在陽光下。女流浪漢帶著紙板，來到我們正前方的草地上又躺下了。她的腳掌看起來很硬，像塊沾滿油脂的鐵，頭髮盤結如麻，以炯炯的眼神覷著這裡。她全身包裹在層疊的纖維布料裡，如一種褐棕色，一抹都市的塵埃。我把爸爸又往前移了一點，她也爬起來調整紙箱跟著移動，兩眼直盯著我們。

她到底看見了什麼呢？

是這片欄杆後頭的景觀山水？還是一個雙眼浮腫，頭髮凌亂，推著一個老人的小孩？還是那個騎著變速腳踏車，鬼鬼祟祟在住戶信箱外東張西望的警衛？

對這種有點瘋狂的人是不能直接問的。他們的存在是人們不能理解的存在。

那頭白色花貓鑽進去的矮樹堆裡，緩緩爬出了隻甲蟲。這圓乎乎的東西跌倒了，肚子朝天，好不容易爬了起來，走一走又跌了下去。牠有三雙手腳，全往天空抓著，一些細細小小淡淡的影子，終於再也無力掙扎。在這個日照充足的晨午，牠完全沉浸在恐懼與夢魘裡。

我的鼻腔裡近來黏黏的，耳咽管裡老是有血的味道。戴著斗笠的老人在不遠的警衛室裡收垃圾。掛著反光背心與電扇的牆上，吊著一本大日曆。日曆停在好幾天前，老人走過去飛快的撕著，日子一頁頁的往今天跳來。

我說話與吞口水都有血的韻味，升了上來，那時我看任何東西都開始覺得噁心。警衛騎著腳踏車飛馳而過，飄下好幾張五顏六色的廣告紙，大聲喊著，「幫我把那些舊報紙也丟了！」

但是那老人沒聽見。走了。一張廣告紙壓在那隻死掉的甲蟲上，光澤的紙頁是鋒利的刀緣。

安睡網。十一位駐站醫師。教您如何睡，睡得好，睡的健康睡的長生不老。年終慶期間睡眠保健品、食品均一價一律三九〇元。快上網搜尋，安睡網。高譜遠紅外線燈，提高學習力與記憶力，提高神經系統的抗氧化保護。我的簽名，自己設計。二十年功力，十八款簽名獨家揭密，重新詮釋文字美學。三十三分鐘、八項原則，飆速學會明星簽名，創造屬於獨特風格的自己。附贈九十分鐘DVD

精緻動態教學，一〇一種簽名美例，絕無冷場。

療養院的復康巴士來了。一台銀灰色福斯改裝的七人座，倒著停放在社區外的大門。一個四十初頭歲，矮小粗壯的男人跳下車，從門邊取出粗棉手套戴上，走到後頭將車廂門掀開，抽出兩塊鐵板穩穩地架在地上。這個人我曾在路上遇過，扁而小的鼻子，紅通通的眼睛，把背包背在胸前，雙眉間有一顆令人難忘的大黑痣。他在路旁與許多人一起等著公車，即便戴上口罩也十分顯眼。

今天的車廂有些擠，裡頭已經停了三台輪椅車，黑痣男又推了爸爸下來，親自爬進去挪移那些動彈不得的老人。他俐落地將車把上的塑膠袋、布袋、雨傘拿起來放在他們身上，騰出空位。重新試了幾次後，爸爸終於填進了一個靠窗的位子，和另一個頭戴毛線帽，神色慌張的婦人坐在一起。黑痣男拍了拍手跳下來，如同裝卸了一趟貨物，用力地關上車廂門，回到他的駕駛座上。

＊＊＊＊＊

近來我在碼頭上與李德碰面的機率高得嚇人。我有時早到一些，有時晚到一點。但不管何時，就在我沉浸於晨光景色，享受我那收集包裝殘屑的小小癖好而渾然忘我時，那個清癯的身影總是會出現在迷霧般的白樺樹林，伴隨著清晨的鳥啼與他的咳嗽，從小徑那端踩著大鞋聲聲地來到我這裡。

聽他說話頗令人心煩。隨著一次次的偶遇，他選擇的話題也越加接近他的心靈私處。儘管不耐煩，但我發現自己還是開始給予他指導，替他總結想法，有時也說上一兩句難聽的話叫他住嘴。他樂於接受的坦然樣子，老實說讓人感覺不錯。我不想與他有太多精神交流，製造默契與回憶，實是我感到自己應該與這迷上超音波與核磁斷層掃描的人遠一些。另外，我卻又不想因此改變欣賞這片碼頭風景的習慣。因為，這不就表示我已經開始在意這傢伙了嗎？

田村牌堆高起重機，配備六呎長褐色如蟲螯的鏟子奔來竄去，柴油引擎及飛虎牌橡膠輪胎在排煙管的嚎叫下轉動，二二〇釐米乘以二二〇釐米寬的標準棧板在三點六噸的油壓缸出力下扛頂了起來，按照田字法則裝疊進四十呎的貨櫃裡。

地面上的紅線代表警告危險、綠線表示必須遵循，黃線則是注意當心，白色的軌道埋有會在踩踏的瞬間發出超過一二〇分貝嘶叫的感應器，一段段綁在石樁上的米色麻繩延伸至底，明確的圈示出這世界上一條至粗的疆界。

裝填貨櫃的堆高車又一輛輛開進來了。克隆生命的貨品在後頭的倉庫疊成一道道連綿的牆。豬齒製成的骨瓷梳、活性鈦鍍層包裹的人工關節、冷凍幹細胞口服液、即溶毛巾、一一〇種維他命合一的膠囊，可以更換臉部的電子狗、來自柯西嘉島的魚鰾精油、蟾蛙真空面膜。這些擁有一長串複雜名字的商品，字體一致的印在箱外，經過構思、開發、提煉及量產的過程，標示出了一條進化的軌跡。它們長成一條基因的隊伍依次向前，緊扣著彼此，在過去一年後來到終點，貼上標籤。

當它們一車接著一車被載往園區外那條六線道柏油馬路，直奔北方那個與太平洋接壤的末端港口。這些鐵箱在那裡將集合成一個更大的鐵箱，以進行團體旅行，朝黯然的黑夜泅泳前進。它們穿越酷暑、熱帶、亞熱帶以及加拿大冰原、南極溶融航道或是印度遠洋，躲過索馬利亞海盜的機動快艇，然後在某一個秋天，春天或是一個晝夜倒轉的平行世界中被喚醒。

它們的旅程需要牢固，可靠的保護，數量多過自身的組成。二吋厚，每單位重達十二公斤的混合纖維紙板，保麗龍球、防撞硬紙板邊條、塑膠發泡粒，除霉除濕袋等等以外，還有必須以鐵撬破壞，包裹在最外頭如一座沉實木棺的箱型棧板。

拆封時會出現更多保麗龍球、防撞紙板邊條、塑膠發泡粒，除霉除濕袋由內而外一層層緊緊安插在箱體，將彼此填的如一塊化石斷面或一座完好的土壙。從一個碳纖大套盒裡取出小套盒、再從小套盒裡取出小彩盒放在賣場陳列架上。泡棉或氣泡紙呢？有時候在小彩盒裡，除了說明書以外還會發現這樣的東西，防靜電貼紙，防刮保護膜。這兩種應該是最後一層了。等等，還有電波受信裝置，它們都被植入這種小巧的積體電路，在漫遊到不同時區時，會以原子功能感應在倫敦格林威治的標準時間，在經過一條條經緯的同時自動接受自太空衛星的電波，確保它們的生命週期運作無誤，不會過長或者過短。這種運作的誤差每十萬年僅會發生一秒。

十萬年？十萬年是什麼東西？它究竟是如何衡量出來的？

李德果然出現了，模模糊糊的身影，從園區後那片荒涼的樹林悄悄往這邊走來。那樹林有一座裝了圓形鐵蓋的儲水池，老是有滑動的水聲從裡頭傳來。那林間裡的迂迴步道與矮木叢，擋住園區外川流不息的喧鬧。他是否是一個喜歡樹林的人呢？何不妨下次問問。我不想讓他覺得我有意等他，我想讓自己的背影看起來像個深思熟慮，能夠給他解答的人生明燈。他會走過來，在我的照耀下看見自己的小喜小悲是什麼，而且多微不足道。或許我該寬大坦然一些，也和他交換些我的心靈私密。比方說我對包裝材的熱愛，以及我新的一年打算要幹什麼，或者問問他，他的手機會不會收到一些意圖不明的簡訊？

這會是一個很好的開始。

但是他走遠了，沒有往碼頭這邊過來。他虛心地往這邊看了一兩眼，發現我並沒有注意到他，但腳底下的大鐵鞋卻曝露了自己的行蹤。我怎麼會沒看到他呢？我甚至還看到他像貓一樣壓低身子走路，連按下電梯的按鈕都輕輕的。所有他想達到的就是盡量保持安靜，只有一種可能可以解釋這樣的行為：就是他更加不想遇到我。

在年末的裝潢整修過後，門廊的玄關又多了一長排面對著牆壁的高腳凳椅，牆面裱框著產品開發歷史的照片，依年代將克隆生命不同時期的設計張貼在聚光燈下。包括草創之期那些破舊的照片，那幾個二〇年代的合夥人全都來自西歐，蓄著雜亂的白鬚，穿著寬大的白袍或絨布質料的厚重外套，站在一張堆滿試管、燒杯與酒精燈的舊木桌後頭。他們浸泡在黑白膠卷裡，曝影成一張張時光皮囊，僵硬且呆板，在乾癟的姿態中保存了生命。慶幸的是，這些照片拍的還是不錯，靠近一看，仍可辨識出一張張瘋狂科學家才會有的輪廓，以及一身不安的氣息。

我走過那一長串的相片，嗅著那上了甲醛塗料的木質相框，意外發現我們的大眾對於淺色商品似乎有某種偏好的趨勢。也許是一種巧合，在那些亮的刺眼的鹵素燈泡下，克隆生命一系列的進程顯得越加透明模糊，幾乎快要消失在牆面之中。在門廊的盡頭，那幅最新的設計草樣淡的如一張白色的影印紙。我說不出來，但感受到這是超越淺色商品的設計。我幾乎得將臉貼在面前才能辨識出那只細節是一小塊立方體稜角，一小塊咖啡漬的汙痕，或是一小段莫名的訊息。

一〇〇號。時間是祂的武器，我們這兒是黑夜，你那兒是白天，我們永遠不會在同一個時刻搭上話。你還有個幾乎癱瘓的老父，你有替自己與他保險嗎？你的保單計畫有幾種？意外、醫療、身故及癌症，終身還本還是一次給付？這麼多經濟項目在你身前身後，你全考慮進去了沒有？時間是祂的武器，但我們可以買個保障向祂抗議，表達不滿。寬厚仁慈的祂不會在意。

7

西棟會議室的一片長窗後頭，便是克隆生命產品的生產線。這是一間無塵、無菌，保持著低氣壓力的巨大通道。我與鮑伯身穿無塵衣，一件從頭包覆到腳，只露出部分眼鼻的套裝，行走在產品線中，覺得全身涼颼颼的。在那水藍色的塑膠布料內，我們僅著簡便的襯衣，短襪。蜂巢天花板灌頂而下的徐風冷入心扉，這裡絕對的乾燥，如同一塊外太空星球的地表，是一種能遏止生物存活的環境。

「你有沒有走完過這條隧道？」通過金屬感測門時，我問鮑伯。

「沒有。但真要說的話，我最遠走過二十多分鐘。」

「厲害，我曾走了兩個街區左右的距離。不過沒有計時。」

「裡頭不是直線的。八成整個廠區都被工廠的負責人蓋的像一座地底車站。至今我還沒弄懂他們為何要弄得如此複雜不可。」

「我曾走過類似的地方。那裡處處是石岩，現在則是不鏽鋼片和蜂巢天花板，而且同樣的到處是樓梯。」

鮑伯通不過感測門。他已將所有金屬物放在了桌上。眼鏡、鑰匙、手機……門框上的紅燈還是閃個不停。他站在那兒，顯得相當不解。他開始脫去衣服，解下皮帶，直至丟出了一枝塑膠原子筆，警報才乍然而止。

懸在牆上的液晶看板，看得見低得嚇人的溫濕度，卻看不見時間。李德在一次病後拿掉了它。他說，他要拒絕它所帶來的控制。說得極好，但他真的擺脫得掉嗎？

料件庫存是百分之八十五，生產進度落後百分之二，作業員的服裝是寫有背號的白色無塵衣，他們坐在輸送帶旁，安靜得像一排瓷器。

經過產線時，我認出其中一人的眼睛。她是個成人，是個大女孩了，卻只會用簡單的辭彙和人說話。我偶爾會停下來琢磨她所表達的句子，那笨拙的語句總會給我一些啟示，令我不由得也以同樣的邏輯和她對話。她說。聽看看，我身體裡有一個時鐘。是不是？這就是為什麼，時候到了我就知道自己該做些什麼事。

我離她只有三十公分近，卻絲毫阻斷不了她深遠的目光。鮑伯在口罩後頭打哈欠。我不曉得為何會對這個領有口語障礙手冊的作業員如此有興趣，若有機會我還真想和她長聊一番。她此時卻似乎睡著了，雙手擺在輸送帶上，翻了白眼，指頭伴隨呼吸起伏不時地抖動著一兩下。

但是李德的人又在哪裡？我在這深得要命的空間裡探尋不著那雙大頭皮鞋的回聲。這時鮑伯才告訴我，李德又請假去做健康檢查了。

「你是怎麼看那些肉的？」鮑伯問。

「第三世界。我們只能試著銷往這些國家。」我說，「莫三比克、衣索比亞、北韓。不然呢？」

「我想不通，這種肉一點問題也沒有。」他說，「低膽固醇、低汙染，這種新產品符合了一切要求。」

「真正的問題只有一個。就是沒有人知道它到底是什麼。他們也許聽過，嘗過，讀過它的成分和檔案，口感也不錯，只不過一旦想到這個基本問題，它所引發的排斥多得出乎意料。」我說，「試吃會舉行過後，很多人拒絕再來第二次。那些不接電話的人是誰我就不說了。」

「它只有一種叫法，就是增殖雞肉，一種可以不斷增長在肉塊上的肉塊。它的味道和真的一樣，它就是一隻雞，只是不會活跳跳罷了。」

說實在的。我不太敢苟同。那塊以熱水烹煮後的雞肉，是我過往味覺前所未有的經驗。它甚至比我摸過，聞過，或看過的東西還要陌生。那同一盤肉已經吃了三天，分量依然不減。礙於交情，我是留下來繼續試吃的少數幾人之一。這吃剩的雞肉只要放著不動，即便只剩一丁點，它也會在隔夜後慢慢增加，直至回到它原本的分量。鮑伯以摘採樹上新長的果實讚美這項發明，卻依然打動不了我們的食慾。馬芳應我要求，偷偷將它一再煮沸再端上桌，確保衛生無虞並且稍加調味。這是一件小事，我沒告訴鮑伯。他已經因為此事而大受批評，沒必要還提出來打擊他。

鮑伯突然停了下來。

「他們是怎麼說這東西的？我有點忘了。」
「噁心？」我說。
「不是，另一個。」
「致癌？」
「那是它的後果，而且根本是胡扯。」他說。
「不孕症？有些十九樓的傢伙覺得，他們的性功能大大不如從前。」
「這是最惡毒的一種。」
「我想到了。」我說，「他們說，那是死亡的肉塊。」
「真的很拗口。」他搖了搖頭。
「是一個待在實驗室的傢伙開始在郵件裡這麼叫的。」
「沒有一種肉不是死的，這傢伙到底在想什麼？」
「不過那吃起來確實不是雞肉。」
「它是從一隻雞開始的。不然呢？」

「但那已經是半年前的事情。」

「那隻雞是這些肉的老祖宗。」

「牠都死多久了。」他說，「就別再理那隻雞了。」

我們打開一個小門，走進一個通道。通道裡的通道，他們叫做風淋浴室。圓形的管壁上分布著大小一致的孔洞，地板上印有一左一右的腳印，必須依指示前進，使孔洞噴出的電離子強風能殺死更多細菌。那表示通道的另一端是一個更加潔淨、更加蒼白的地方。

我與鮑伯還是第一次來到這裡，同樣的紅色液晶面板懸在牆上，顯示著各種數字，而且同樣沒有時間。機器掌管一切，這裡的人們唯一不需的動作就是看時間。

據說處在長期的空調房之後，人們終於會失去對感冒、皮屑芽孢菌、蛀牙、角質增厚等等一般毛病的抵抗力。忘記流汗與發癢，忘記是冷還是熱，也忘記臉到底長得怎樣。我看著他們。那一對對有著相似眼神的作業員，較之前面一個房間的還要冰冷。他們的外貌簡潔明快，沒有多餘的東西，坐在挨得很近的椅凳上，像成排沒貼標籤的白色罐子。他們的服裝大至外衣鞋子，小至手指上的薄膜套，都只有一種尺寸。這是李德要求的，他會淘汰那些體型不一致的作業員，如修剪盆栽般的，使留下來的人能符合他心裡某種對和諧的要求。

休息結束的笛音響起，我和鮑伯停了下來，對於我們居然在裡頭待了超過半小時而感到驚訝。作業員緩緩坐正，開始工作。轉動的運輸帶隆隆作響，飛快地運行，零件連續地從前端送來，作業員的手腳跟得上嗎？我在後頭不禁緊張起來。卻只見他們緊湊地夾起螺絲，迅速鎖入，一個接著一個，動作維持的既經濟又漂亮，分不清誰是人誰是機器。

克隆生命計算生產數字的公式為，工作時間乘以肢體運作距離，再除以寬鬆時間後得到一個有小數點三位數的數字。在方才的西棟會議室裡，也就是長窗後頭，我參與了一場有關效率的會議。會議的氣氛不佳，人們惡言相向，為了數字與 A4 列印出的報表紙不同而大拍桌子，甚至有人指著對方，威脅要他好看。

這些憤慨的成人平常是另一種樣子。在他們之間只有我坐著，對此變化絲毫不得其解。如此的暴怒究竟從何而來？又是如何像過往許多次一樣地突然結束？

我對這種自我提問漸漸感到乏味，這才離開，走在通道外等待著剩下的時間耗去。我站在那兒，觀看長窗後那狹長的另一世界，窗影映透兩端，我稀稀疏疏與之重疊了。彷彿這個手背在後頭，一臉世故的小孩子也置身在那片空間裡一樣。鮑伯也走了出來，因為他們接著要檢討增殖雞肉帶給公司的損失，不想讓當事人在場。我提議不妨到長窗後走一走，看看另一層次的生活，也許那些毫無血色的作業員能讓他拾回一點尊嚴。他悻悻然的答應。

在這個通道的最末端，我們看見了克隆生命明年度最重要的產品——霧衣。這件像一張白紙的衣服，以氣泡紙墊著，仔細的放在橡木方條盒裡，等待著螺絲釘將它們蓋上。作業員小心翼翼，動作緩慢，看來連呼吸都沒有，捏摺這些白色的衣料，無比慎重。

我走了過去，遞給了鮑伯和我自己一件。它還在樣品階段，這還是我頭次看到它如真的在眼前。首先，它看起來還真像一件飄霧般的衣服，輕飄飄的。鮑伯將它攤了開來，給了它如一層褪掉的皮的評語。我請他也摸一摸，它的確也有著皮膚一樣的光滑質地。因為它的表面含有俗稱舒瓦的氟素介面活性劑，以及多種鐵氟龍纖維。

他將衣服放了回去，雙手插進口袋，問我能不能再解釋多一點。我回答，穿上霧衣的人，能延緩老化速度，抑制細胞氧化。它的組成十分耗時。是將去光阻液、可麗耐面材、以及一種已停產的化學堆肥相互混合發酵後，送進火爐內以攝氏五百八十度取得如灰燼的白色粉末，最後再與一般性的衣料纖維攪拌，直到融為均勻的泥狀物後才能大功告成。

「這件白色的絲襪衣就是消費者最後會穿上的東西？」

他嘖嘖稱奇地又問。

「當然。」

我一邊回答，一邊請他繼續往前走，別擋到作業員工作，並且告訴他，對這件衣服抱持疑問的人很多，但最主要的問題是，我是如何開發出這件衣服的？他點了點頭，我請他別打斷我。其實，這些材料的內容並無稀奇之處，只因最早我發現的配方，就放在網路的維基百科上供人下載，而且直截了當的詳列作法，以及它會帶來的神奇效果。最令人驚訝的是除了我之外竟然沒有人相信。

我可說是霧衣之父，也給它取了個叫 Vapor Wear 的英文名字。希望也能像那些有名字的電腦或是汽車一樣熱賣。儘管目前的失敗率還是太高，但一手催生它的還是我。鮑伯想問出它到底有什麼問題，我想了一想，決定據實和他分享。他們公開一部分試驗與開發讓我參與，包含最初的生物測試。當時，十八樓D室那些藥劑師，剪下些許霧衣的布料，包裹實驗用的黃金鼠。這是失敗的開始。有兩成在六十天後開始不斷打噴嚏，有一成開始試圖以後肢站立，並且想要再單腳站立。其他則是隔天就暴斃，死了一大堆。這些老鼠連死法都不單純，一律是仰天肚皮朝上，露出兩顆大大門齒，像是在浴室裡摔倒一樣。我們決定毀了那些影片，連同當時的霧衣，全部送進焚化爐裡。

「您決定好霧衣的顏色了嗎？」

「白色。」

我想起我當時是這麼回答的，但卻想不起問話人的臉孔。那是間沉悶的會議室，這個霍然出現的回答在空中飄蕩著，散發一股不尋常的氣息，瀰漫在雀巢即溶咖啡以及外帶拿鐵咖啡的香味之間。

桌旁的人或者埋頭筆記或者仰頭沉思。白色，看著他們思索這個字眼直至露出不解的表情，連我自己都不禁去想白色是什麼意思。它是一種顏色嗎？坐在我對面的人在敲打筆記型電腦，手指飛舞，發亮的螢幕如徐徐的火焚燒著這些人的眼鏡。一片亮白，絲毫看不透他們在想些什麼。

「白色？你是指蠶絲白還是百合白？我知道的就有雪花白，大麥白、象牙白，珠光白。」

「對，光滑無瑕的白色，要無瑕、均勻而且舒服。」

「究竟是蘭花白、青蘋白、柔沙白、還是牛奶白？白銀白、米粒白、亮光白或平光白，或你說的是蛋殼白？」

「我只要白色，一種一般性的白色，生活裡隨處可見的那種。簡單、明朗。就像去便利商店使用悠游卡結帳一樣，刷了就帶走。到底有沒有純粹的白色！？」

「純粹是什麼意思，純粹是什麼顏色？」

這些人問我，集合成了同一張面孔。他們求知慾望強烈、急欲知道答案且顯的熱切誠懇。

就是這個。我指著一個看似一個月沒有出門，但卻散發著陽光氣氛的中年人。他內凹的眼窩底下身穿著一件白色的套頭T恤。上頭寫著，FLESH AND STONE。不曉得是什麼商標的雙關語，他是這間陰沉會議室看來最順眼的人類。這就是我要的，簡單大方的白色，清爽，令人印象深刻。霧衣需要的就是這個。不多餘，貼近生活，不累贅。好像誰穿上都會年輕十歲。

你這是什麼牌子的衣服？

美國棉商標。我記得這個人是這麼回答我的，發出的是一種平鋪直敘的聲調。

還記得你在我們眷顧下的那些日子嗎？你肯定不記得了。否則你就不會如此害怕死亡了。看看你。你說話，吃飯，走路，甚至閉上眼睛，無時無刻都在逃避這件事，只是你沒有注意到罷了。一〇〇號。我們全看見你假裝鎮定的樣子。恐懼掌握了你，使你害怕回到永恆的花園來。死亡的瞬間是痛苦的，你得相信我們都經歷過這件事。

所有我們想說的是：我們不急著要你，甚至不希望你匆忙的趕來，因為那只是遲早的事。所以我們要提醒你，注意那些藏匿在你身邊的陰謀與惡意，那是一股新的負面力量，渾沌不明。它在地面的每一步都設下陷阱。去發現它，一〇〇號，去避開它讓你自己活久一點。

日時應該做些什麼。新年連續假期將近，下面幾種方法幫助大家消除節日恐懼症，還你輕鬆快樂的節日。

節日時間管理。生活被慣性支配，作息一旦打亂，心理上便會有落空感，隨之而來的是精神上的緊張和身體不適。友好健康建議在節日到來之前，不妨製作一張時間表，設計假期間的衣食住行與社交活動，越仔細越好。您會發現，在假日按表操課，力爭每一項都能完成，可以獲得極大滿足，節日過後仍能保有健康的成就之感。

與酒精說拜拜。不只是酒精，到了假日，人們還喜歡用尼古丁、咖啡因、來消除壓力。卻忘記了這些刺激性的東西容易使心臟及神經敏感。提醒您，根據醫療統計，到了假日，因為腦血管栓塞與呼吸道衰竭而送進醫院的病患人數，遠高於需要上班上課的一般時日。

做事分輕重緩急。特別適用於面對長假時，會不知所措的迷惑者。其實，迷惑與茫然往往是自己的問題，因為要做的事情太多卻沒有頭緒的緣故。這些人心中承受不起壓力，尤其是長假結束的壓力。迷惑者沒有自信能扮演好休假者的角色，表現出適應困難的情緒，不想出門與他人同樂，自暴自棄。進一步再發展為焦慮。

試試這個方法：將節日的日常事務用顏色劃分等級。必須做的事為紅色、應該做的事為橙色、等著做的事為黃色、可做可不做的為綠色，然後按照先難後易、先必須後省略的順序逐一解決。

友好健康藥業提醒您，在百年連假到來之際，使用上述治療節日恐懼症的方法，您將永遠不害怕節日，回到兒時每逢節日的快樂，拾回愜意與美好。

8

跨過淡水河的另一頭，是台北迷濛的水岸夜景。每天，當末班渡輪晃著奶油似的霓虹光暈，從海口餘陽的水上緩緩出現，終於停在藍紫色的大稻埕碼頭之時，夜也從船上走臨來這城市。河面波光粼粼，漂浮著城市的汁液，盪漾流水漫著底下那片大鏡子，冰涼的夜空，一片映成顛倒的清湛深黑。

樓下住戶的電視機裡傳出陣陣聲響。

「忠義。你到底要留我，還是要留你媽？」

「我不知道，能不能都不選？妳們快把我逼瘋了！」

「是誰要把誰逼瘋？你媽？還是我？說清楚好不好？」

「敏珠！」

「我求你。」

「兩個我都愛。妳們都是我生命中最重要的人。」

「你選你媽，我懂了。」

「很好啊。這是我陳敏珠前世修來的，這輩子嫁到你這個人見人疼的孝子！」

天越來越黑了。我從頂層走下樓，走避頭頂的蚊群以及排油煙味，回到家裡一扇仍依稀可遠望台北的窗前，重新沉浸在那夜景裡。橫亙淡水河的台北大橋，遠遠地在樓宇間發亮。它已點起光雕燈飾，水泥肉身上布滿LED的橙白雙色，如日間的光能，匯聚，交會、照耀著淙淙的河水，到達彼岸再交返回來，重複直至天明。這茫然的意境充滿都會情調，一種只有大城市才有的柔美氣氛，只存在於熙熙攘攘的車流，藏身在足夠層次的高架道路中。

我們還有幾天會到達新年的彼岸？又該如何以平常心迎接這經典的一刻？這個不會再來臨的夜晚？

快了。這兩個字盪漾了出來。我已聽見百年的來臨前的腳步，殷盼它將過去炸成無數煙花，讓嶄新的一年飄臨下來。我已準備好穿過它的光輝、拋棄各種可怕的舊習、心機的糾纏、擺脫陰謀的言論，沐浴在新的生活裡。永遠向過去的壞日子告別。

這正是百年，如一種時代的航艦，波瀾浩大的終於抵達，泊進這擁擠且植滿紅綠燈桿的城市。那尾老船只好讓開，駝著空乏的貨物遠去，直至人們某天將它憶起。沒錯。有人會在這城的許多地方立碑，懷想它在海路上的身影。但這僅是那一輩人未老死及病死之前，唯一能做之事。百年。它的錨在海底鏗鏘作響，在那一頭傳盪回聲，載浮載沉，充盈而後傾溢，成為透明的霧靄飄往城市，嗅進我們體內，籠罩著。只有台北人過敏的體質，得以體會那朦朧且飽滿的變化。長疹子、興奮、孤獨、瘋子般的失眠、易怒、看見死去的親友。夢幻一般的先兆。

而它甚至還沒真正的到來。

窗外的電視聲響還是陣陣傳了下來。

「我就知道。我誤會了你。」
「我也有錯。」
「媽要是不說，你想瞞我到什麼時候？」
「敏珠。」
「那個得病的人應該是我才對。」
「別說了。」
「你憑什麼以為你可以拋下我？一個人去死？」
「我愛妳。」
「忠義。不要是你！」
「不會的。我們會好起來。我們還沒生下小忠義呢。我怎麼能死呢？嗯？」
「忠義！」
「敏珠！」

我把窗子關上。台北金融摩天大樓上的時間看板，仍遠遠的在高空中，不眠不息地計數著百年的到來。只有它足以為時間代言。只有這座龐然如天外奇山的高塔是我們城市的頂巔。不論走到哪裡，只要抬起頭都能看見它盤據於雲端的獨目，眨眼在雲霄間，給自然的雲層拂過，給日月第一道光芒所洗禮，呼吸塵囂之上的空氣。它是最接近天上，最接近時間本質的人造物。跨年交會的剎那，我們所有人會望向那裡，看見它將時間捧了出來，高高的舉起。

我看著那塔頂的時間，校正了手錶。走到廚房，校正了微波爐、電子鍋。走到客廳校正了電視、DVD放映機、壁鐘、爸爸的血壓計、熱水瓶、空調遙控器。最後，我回到臥室的窗子旁，校正了床邊那只會喚醒我的時鐘。

我一一點數。確定這個房子的一切，還有我，已經與它分秒同步。

這個夜晚。小男孩的憂慮也達到了頂點。他的思量到達一種新境界，他的愁緒及心懷都升級了。由小變大，發現更多字眼，使憂慮往更深的層次下去。他看著窗影裡那一面長鏡，想著這是怎麼一回事。波光裡是一個又一個的自己，臉上有些雀斑、頭髮軟軟的。他趴在立著張椅子的窗前，腳丫子很髒，細短的手指從袖口伸出來勾著窗簷。爸爸在療養院。窗影裡的他得一個人吃飯。可憐兮兮。

忠義到底會不會死呢？

9

公司裡除了我以外，沒有人懷疑百年的連續假期是從何而來的。元旦，數種挪前往後的例假日，補休還有補班，怎麼算都不可能加出一整個星期的假日。李德勸我不必如此敏感，就當是消失一日好了，光陰流逝如水，何必斤斤計較。他吞下一大把藥丸，服了水，緊握雙拳地對我說。如何，你看看我，是不是越來越結實了？他舉起雙臂，展示著他在健診中心的康復室所練出的肌肉，一臉春風得意。

有人按了家門外的電鈴。我走到電眼前應了幾聲。沒人回應。

我現在感覺好多了，神清氣爽，剛剛才出門買了許多東西，回到家整理一番後，甚至有了連假時到外地走走的念頭。我總是羨慕凡人，尤其是那些靠著微薄才能過活的作家，藝術家，或是接案工作者。他們無拘束，任何時間都是假日也是工作日，要說他們這些靠心靈工作的人被綁住的，也許就是經濟吧。不過，拮据刻苦不也是過這種精神生活的一項外在條件嗎？

療養院例行地又給我發來許多照片。老人們吃蛋糕，老人們在園間活動，志工們和院內老人說話。他們像一群小孩般，每天都有人拍攝著他們。爸爸吃東西總是最慢的，於是無時無刻他胸前總是掛著圍兜，每張相片裡都一樣。

就是這一刻，我為自己感到自豪，無可言喻，但非常確定。看看我現在擁有的，工作、房子、穩定的人際關係，還有能力供給爸爸住在一座有溫水泳池的療養院。我不管如何觀察，站在鏡前，都是一副未來還有大好日子的模樣。這是擺在眼前的事實，而不是虛妄或想像。

我不會相信那些流逐在城市間的人口裡所說的自由。他們的自由是我們這些朝九晚五的人犧牲換來的。他們不願沾染俗事，總是想與世隔絕，說的全是我們聽不懂的話。我在行銷部找來的那些設計藝術家身上實在見識太多了。站在街角的和尚，我也不相信他們真的能從錢包滿滿的充實感中解脫，連戶口裡剩多少錢都不在意，忽視一整疊閃亮亮放在皮夾裡的卡片。這可能嗎？

現在的世界是由我們這一類人來維持的。想一想吧，站在人滿為患的早班捷運車廂中想一想，若是這些如勞蟻般的人全也想要自由的話那會怎麼樣？如果少了我這樣一個人去率領他們，分配他們的工作與休息甚至人生意義，少了我這個人，這個世界的秩序會變成怎麼樣？

因此，我是不能消失的。百年，我是這場人生戲劇的要角之一，世界會因為我的缺席而無法繼續這場戲。百年需要我去跨過，明天才會如平常那般地召來。我敏思苦行，還如此年幼就必須擔負吃重戲碼，因此沒有人會將我換下去，我表現的很好，仍能活至百年之後，甚至更久，對嗎？

誰能告訴我？

我又一次把抽屜倒出來，找到了值幾千塊的紅利點數，折扣卷。它帶來的興奮是直接的，肯定的。證明了我是一個實在的個體。我會去買眼窩按摩器、香氛超音波，這是一種欲罷不能的衝動，但是我不知道為什麼。我得親臨現場才會知道。

受幻覺所苦。一〇〇號。你正受幻覺所苦。注意那些流動的光線，它停凝之處引來時間，召來死的蠅蛆。我們節節敗退，只剩你一個。主仍在花園裡打造祂天上的時間，我們和祂有一段不小的距離，電波傳達得很慢，不知何年何月祂才能收到我們受難的簡訊。

次日一早，報紙頭條刊印了百年的長假，以粗得嚇人的標題，將我的懷疑變成了現實。它不再是可能或是也許，而是如假包換之事。我開始看見它四處流動的痕跡。我走過車站，上了一座天橋，與拖著行李的遊客和磕頭下跪的乞丐擦身而過，聞到它所留下的氣息。每一個人都用很快的速度說電話。各種訊息從我身旁流過，像一瞬而逝的頻率，我卻聽了一秒就能明白。小步奔跑的送貨司機，擠不上公車而被夾在門邊的男人，全在鳴聲四起的車陣裡。

它。開始注意到了我，開始變得機敏且狡詐，鑽入流淌的城市波光中，成了霓虹與電波的諸多幻影。

週五晚間的十點左右，我打開電視，欣賞連假將近的週末夜節目。我在綜藝頻道上看見一支列成橫隊的影視歌星，站在布景豪華的舞臺，使用傳遞過來的麥克風說出來年心願，身後的電子琴奏著輕鬆感性的音樂。

一名穿著泳裝，斜背紅布帶，寫著莫三比克之友的歌星拿到了麥克風。

「夏柔希望新的一年，世界上的人們能拋開成見……希望在莫三比克的小朋友都能有乾淨的自來水喝，讓痢疾還有寄生蟲永遠消失在非洲上……請各位支持我。」

這是今年的最後一集節目。她深深地鞠了一個躬，似乎想讓鼻子觸到膝蓋才肯起來。後頭來了一段感人的琴音，周遭不知從哪的也響起掌聲。她也許矯情得太突然了，後頭的人們全是一副沒有應對準備的樣子，只能像是被訓話的不良少年，僵硬地站在原地。

我在頻道之間切換，節目多得嚇人，大多是因為新年將近而發生的種種奇聞軼事。

在日本。一位自稱是塔利班日本辦事處主任的男子，闖進東京鐵塔旁的增上寺，表明他想為真主提前敲響新年大鐘的心願，好讓遠在聖地的真主，能知曉他赴任至此的消息。

他被優勢警力和眾多和尚團團困在寺內。鏡頭拍到的他顯然經過喬裝。他年約四十，蓄意不留絡腮鬍，戴著白色愛迪達鴨舌帽，神情慌恐，眼窩子很深。數小時前，他以不甚標準的日語向空拍記者喊話，表明他駕的是國產 Safari 汽車，不是福特 Escape。沒有人知道他在說什麼，直到警方電請的心理衛生專家解讀出結果。Safari 是一種中疆游擊民兵所使用的戰術暗號。意思是「請求支援」。

就在嫌犯顯出疲態而大意時，埋伏許久的眾僧蜂湧而上，使用竹掃帚、戒尺、杉木唸珠將嫌犯制伏，押送給外頭等候的警方。圍觀的群眾鼓起了掌，和尚們就像幕府時代那些忠心耿耿，將頭髮剃光的家臣一樣，捍衛著家產與聲譽。

而在蘇格蘭的皮里斯，鎮上的成年男子則是選在新年來臨之際換上傳統服飾，蘇格蘭格紋裙。聚集在鎮上西邊，一處將近六十度的草坡上，等待悠揚笛聲響起，拔腿俯衝下去。他們摔得四腳朝天並且大露裙內風光，連滾帶爬的通過終點。這種瘋狂活動行之已有百年，有祈望來年豐收，展現氣慨之意。但到了現代，卻成了傾左異議分子用來象徵脫離英格蘭獨立的渴望。這些團體會私下練習，凝聚向心力，而不局限在特定節日。部分從北愛爾蘭滲透而來的青年軍，甚至稱呼這種活動為「車廂裡的黛妃」。

這些蓄著紅鬍的大個子，裙下皆有著同樣粗壯的雙腿，他們在冷風中吆喝，給自己打氣，隨即一個接著一個往陡坡下跳。攝影機架設在一名參與者的頭上，鏡頭裡盡是那瘋子般的天旋地轉，飛揚的草皮土礫、以及濺在鏡片上的點點血漬。

他們有些人站起來走兩三步，又繼續摔倒，有些跑向兩側的觀眾群裡，更有些抱在一起減低翻滾的衝力，到處是頭下腳上的人。他們通過終點後腳步不穩的走到包紮站進行急救。在皮里斯大草原的冬日，陽光依然如每年一樣燦爛和煦。一群汗血淋漓的大個子接受骨折，或開放性創傷的包紮傳統也依舊如昔，這就是道地的蘇格蘭式新年。

廣告之後的下一段節目，鏡頭來到了澳大利亞北部的黃金峽谷。這個南半球國家裡的年輕男女，同樣為了趕搭世紀婚姻的熱潮，紛紛選在此時步上紅毯。但在黃金峽谷的高空跳傘俱樂部裡的新人們，卻有不一樣的想法。他們不選擇酒席，唱詩班，或者加長禮車，他們選擇在高空中互許終身。

在跳傘俱樂部的大廳，陳列著一張張珍貴的照片。新娘們穿戴跳傘裝備，神父親吻著十字架，新人們和家人在機艙門來個大擁抱，還有更多的照片被保存著，婚禮的見證無比重要，因為可能一去就不能復返。

不論是不是婚禮賓客，只要在大廳登記為會員，都能在峽谷內最棒的草坡上觀禮，觀看八千英呎高空上一雙雙影子往下跳的過程。雙方的親友都很放心，因為俱樂部有著完善的照護與保險賠償。負責證婚的神父除了本職以外，同時也是領有執照的跳傘教練。每位神父都有處理主副傘滑扣鎖死、缺氧昏迷、勾傘或是其他機械問題的經驗。

婚禮會不會直接變成了喪禮？這是人們難免有的疑問。答案是會。這項運動儘管安全可靠，在過去五年，依然有十對以上的新人不幸在俱樂部裡失去了另一半。這些新聞事蹟和理賠書，全部懸掛在黃金峽谷內的各個跳傘中心裡，警告著前往登記的準新人們。卻沒有人因此退卻。糾纏於跳傘繩的新娘，掛在樹頭上的新郎，在冰冷的伴侶旁哭泣的相片，只能提高婚姻的籌碼，讓想要試煉愛情的決心更加強烈。

對了。不要相信任何人，從今而後。不要輕易相信來路不明的訊息。除了我們以外。一〇〇號。抓住你午夜時分驚醒時的感受，只用一句話來描述。盡其所能地記下你的夢囈，即便是單詞片語。那是種關乎未來的預言，裡頭有我們遺失在你口袋中的真道理。

一棟在公司附近的百貨賣場重新開張了，我和馬芳抽空溜出來逛逛，順便打發中飯。這裡的美食街在地下三樓，挖空的挑高中庭種有一株巨大的椰子樹，塑膠草皮裡有流水和鳥叫。我們在人潮中點好了餐點，也搶到了一張樹下的小圓桌，相視而坐，等著信號燈輪上我們手頭上的號碼。

「妳的料理學的怎麼樣了？」

「料理？」馬芳拿出包包裡的小鏡，先看左眼，再看右眼。拉高聲音問我。

「妳不是對做菜開始有了興趣？才前一陣子的事情。增進荷爾蒙的料理，我還記得那本妳帶來的書。話說妳帶來的書還真是五花八門。」

「我有這麼說嗎？我真的忘了。」

「妳可能忘了。也許妳沒發現，但是妳現在常常在發呆，我以為妳在公司以外的地方會好一點。」

「我怎麼感覺你有點在抱怨？」

「我有嗎？」

她放下鏡子，看著取餐信號燈又往前跳了一號。

「我最近有點焦慮，你知道的。但是我也開始忘東忘西。我到底是因為焦慮而開始健忘，還是因為健忘而開始焦慮？」

「妳在問我？」

「不，是醫師寫在表格上問我的。」

「有答案嗎？」

「因為年齡導致的鈣質缺乏，使我兩者兼有。」

一位推著嬰兒車的婦人邊講電話邊從我們身旁經過。裡頭坐的是一隻吐舌的貴賓犬。

「妳有沒有想過開點藥來吃。鎮靜劑什麼之類的。」

「有，但是我連藥都會忘了吃，或者吃了，但是過量。最近我發現，我女兒居然會問我需不需要幫我把糖果分好。知道她那顆小小的腦袋瓜居然在擔心我，令我好過意不去。」

「糖果？」

「總不能說我生病在吃藥，她會憂愁的吃不下飯，你真該和我女兒做朋友，她才四歲，煩惱的事情多得和你有得比。」

「但是妳也對學習新的東西很感興趣，這真是矛盾。」我說，「妳上瑜珈課，從書本上學習呼吸，自己下廚料理，但每樣都持續不久就是了。」

「好像是這樣。」她想了一下。

「這一陣子我很忙，卻不曉得自己在忙什麼，明明按部就班，卻感到自己學得很慢，覺得很多事情都來不及了，沒救了。我老是匆忙地在趕路，趕著要去哪裡，就是幾天前吧，我停在一條陌生的街上，居然不知道我為何來到這裡？還未離婚以前，我的生活比現在複雜十倍，但是那些日子歷歷在目，每一件事都記在當頭上。很清楚。」

她沒發現到自己說話時有了過往沒有地急切。她變了，出現一點像是老人家的小叨念。雖然只是個不經意的舉止，但那跡象卻會日積月累，從骨子裡狠狠地侵蝕她。和爸爸一樣，我曉得那些徵兆並不會因為她學習了什麼而得以消失，反而會持續加重，直到有一天連她也認不出自己為止。

「這其實是優點，不過就是糊塗罷了。」我輕拍了一下她，希望能給這句話添上分量，「妳要知道，糊塗其實是個寶。」

鑲在美食街柱子裡的電視有四等分，每一等分裡都播放著節目。一個坐在玻璃桌椅前，穿著米灰色套頭毛衣的男人，嘴巴開開的，無比用心的看著眼前螢幕。他的兩個小孩端著炒麵之類的餐點回到座位，從口袋中拿出手機，替自己還有盤中食物合影。

「那麼。到底學的怎麼樣了呢？」我問，「何時能讓我見識一下妳的廚藝？」

「喔。」馬芳說，「我想起來了。你是指那些書？做菜如何刺激賀爾蒙？怎麼吃會使你情慾大發？你是說我前陣子看的那些書嗎？」

「沒錯。」

「你覺得呢？我看起來怎麼樣。」她坐正，讓她的臉擺在我的正前方。

「什麼怎麼樣？」

「仔細看我有什麼變化。我可是吃了好一陣子那些食譜做出來的料理。」她提起精神地看著我。

「我覺得看起來很好。」我說。「有沒有人說過妳看起來只有三十幾歲？說過妳還不到吃葡萄糖胺的年紀？或者核對完證件，抬起頭上下的打量妳？」

「有。」她瞇起了眼，「確實有人這麼說過，那些銷售員總是讓我感到好窩心。」

「妳應該繼續吃那些會刺激內分泌的東西。但不要過量，任何東西過量都是不好的，即便它大有助益。記住，我爸爸的照護醫師常說，所有無藥可解的疾病，大多來自我們吃進食物裡過量的元素，不管它原本是好是壞。」

我拍著她的肩膀，幾乎到要按住她的地步。

「嗯嗯。」她的眼睛走到她意志上頭的某一個集中點，似在思考。

「確實沒錯。我老是懷疑自己吃了太多朝鮮薊。」

馬芳托著臉，給我一個感激的微笑。很大的微笑。接著遞過一張紙巾擦了我的嘴角。這個小動作中有我雖然不懂，但信號明確的女人味。只是這笑容所牽動的紋路，不久後開始變了樣，眼尾，臉頰，脖子……到處都是。紋路緊緊彼此拉扯，凝滯住了，似乎在等著我去解開，我猶疑地越久，就越認不出這個人到底是誰。

10

我和鮑伯在錄音室裡做最後的調整，經過兩個星期，我們終於完成了一張要交給北韓萬壽台政府的音效採樣光碟。最初我十分不願，想著要如何拒絕這件可能惹上麻煩的委託，沒想到鮑伯卻答應在先，他似乎是料中我的想法後才這麼做的。

我不得不硬著頭皮也跟著去做，細讀合約，與一位姓金的北韓業務員討論細節。這個人似乎比我還緊張，說話時額頭冒汗，好像有人拿槍在後面指著他，不回答任何工作以外的事。

眼見我生命裡的威脅就此又多了一樣，我憂心忡忡。只不過，幾天過去以後，奇妙的事情發生了，我漸漸忘了自己是在替一個危險至極的客戶在工作，開始變得積極與投入。工作真是奇妙的東西，當人一旦埋頭做出了成就感，就會不自覺得想要把它做好，把它完成，無關對錯。據說二戰時的德軍特別偏好法國水泥匠所築的牆，這些俘虜們即便知道城牆是用來鞏固敵軍的堡壘，仍無法停止工作。築牆帶給他們的滿足與尊嚴，迫使他們的成果既漂亮又堅固，一點偷工減料都沒有。

這個故事說明的是人的高貴還是卑賤？我不曉得，也許兩種皆有，各取所需。複製是克隆生命的核心價值裡的一環，但我們替客戶想的更多。這張光碟不只複製聲音，還能給聲音再生出新的生命。它是個中韓兩種語言混合的版本，只要對著電腦載入文字稿，經過一點簡單的剪輯，便能錄製出極為擬真的女性聲音。我們創造一種語言，這是最簡單的說法。從舊文字中組合出新文字。亂數改變句型還有修辭，找出隱藏的可能來輸出新意涵。

電腦能夠自己選擇要說什麼？一開始時，我對這種說法充滿疑問。

「人們使用電腦繳稅，人們使用電腦進入你的房間，人們也和電腦發生性關係。」鮑伯說，「沒有什麼是電腦做不到的事，端看你使用多少價格的積體電路板和封裝IC。」

除了肉品開發外，鮑伯顯然也有這方面的專才。他在一堆邏輯程式中工作，我則提供樣本與數據，沒多久我們便生出了一張二進位的光碟片。拿在手裡閃閃發亮。

這產品瑕疵多得驚人，有待長時間解決。我們遇到的主要問題是它總是言不及義，說話莫名其妙，久久才命中要旨地跑出一兩行符合文法的句子。我們曾拿一份報紙裡的專欄來測試，運行一陣後輸出了幾百份東西，我們只看得懂其中兩種。一則極右派煽動種族撲殺的宣言，一篇發生在拉丁美洲的情慾小說。

但鮑伯認為這就是客戶想要的。因為來自北韓唯一清楚的指示就是：不要讓有心人知道他們到底想說些什麼。如此一來，這光碟已經替我們做到了，而且做得很好。至於這個隸屬於萬壽台當局底下，名為朝鮮太陽日促進商社的公司，一九八一年大韓航空空難的幕後主腦，一九九二年在德國綁架四個日本女學生的最大嫌疑者，當初是如何找上克隆生命，再透過克隆生命的娛樂產品部門，再找上我和鮑伯。我一點都不想過問。

他們倒是一開始就贈給了我和鮑伯一人一套衣服，友善的為我縮小了尺寸。那是一套毛裝，胸口別有金日成的徽章。我不曉得要如何處理，猶豫幾天後丟進了慈善團體的舊衣回收箱裡。

鮑伯從門口走了進來，丟給我一瓶提神飲料。

「這會是我生涯裡最讓人難忘的事情之一。」

「什麼事？」我拉開拉環，拿近後聞了一兩下。

「他們回了我的信，寄來一個包裹。」

「什麼信？」

「我稱讚他們的非對稱武力，新的戰略部署，還有特種部隊的飛刀搏擊，同時也給了解放軍一些建議。」

「稱讚了誰？你能不能說清楚一點，現在已經是凌晨快要三點了。」

「北韓，共產主義的最後一盞聖火，Google地圖上一片空白的國家，也就是這案子的幕後老闆。我指的就是萬壽台那邊的人啦。」

「等一下。你是說，你寫信給北韓，從這裡？從這個地方？」

「你是不是睏了？」他咕嚕地一口喝盡飲料，打了個嗝。我注意到他腳上的襪子，一左一右都是不同顏色。

光碟在我的耳機裡說：我想打對方付費的電話給巴黎的印地安那．瓊斯，防蚊劑，還有一只安撫奶嘴。同志們，我想買本笑話，你知道我在這張地圖上的哪裡嗎？

「我在明信片後面寫明來意，避免複雜及拐彎抹角。直截了當反而使他們無所適從，通常幾天後就會放行。許多想認識北韓筆友的人這麼試都成功了。」

「你寫給誰？」

「問得好。我署名給，『偉大的金同志』。」

「他們可不是用漆彈來練習打靶的國家。」我看了一下他，「你可能得分清楚哪裡不一樣。」

「我當然知道。」他一臉訝異，「我大女兒也是這麼對我說的。」

「但是猜猜這包裹裡頭有什麼？羊角島國際酒店四天的住宿卷、朝鮮航空飛平壤的來回機票，中文流利的當地導遊一名，以及主體思想塔樓頂的工人咖啡廳下午茶一客。」

鮑伯也老了，我看著一臉興奮的他，不禁心有戚然。這個與我共事四年的好友，儘管還活力充沛，但頭頂已略見禿亮，一撮稀疏的髮從很遠的地方垂了下來。他的額頭變高了，出現了橫紋，雙頰也顯出了疲態。再仔細一看，只有眼皮上的睫毛依然濃密。他是個有長睫毛的男人，這秀氣的器官獨留在那兒，反而令我感到他五官的不甚協調。只有精神壓力過大的人會有這種毛病。

好奇怪。我發現，在這個新年來臨前夕，這個蘊含希望與抱負的時刻，所有人似乎都老了，一瞬間全老了下來。變得又醜又怪。馬芳、鮑伯、還有李德，這個消失好幾天的健康病人，都與我認識的他們越來越遠。他們的行為及個性都消失了，成了一種幻影，飄在既模糊又重複的臉孔上頭。他們快要空空如也，體內外都開始鬆弛，只有頑固還保留了下來，支持著他們精神上的毛病，長年來的痼習，還繼續茁壯著。

那麼，我呢？我又是長成什麼樣子？我才快要十二歲，又應該去哪裡找過去的我來和現在比對？

「你不曉得你在做什麼。」我說。

「我曉得。而且看看還有什麼。」他亮出一張紙，蓋滿大大小小的紅印。

「我看不懂韓文。」

「聽好，他們要在百年前的最後一天，北韓建國第六十四週年，舉辦一場閱兵慶賀晚會。會有十萬人在萬壽台廣場跳團體操阿里郎獻給他們的領導。這項工程耗資巨大，光是排舞就得分成日夜兩班人馬。他們暫停了平日的限電，平壤市民終於能知道這個城市在晚上時的樣子。金正日，鄧小平都會祕密出席。鄧小平與他的幕僚會搭乘一條北京與平壤直通的地下鐵，一個駐紮在丹東的外交檔案員洩漏了這個機密。他大概還不太會發送電子郵件。這個地下鐵車站位於北京市郊的東旭花園裡的一處洋房，在冷戰時期僅供兩國特工人員搭乘。從外觀上幾乎看不出來有任何異狀。」

「他們沒有死？我一直以為鄧小平死了。」我很驚訝。

「中國的科技與情報進步的很快，只是在密謀下偽裝成鐵幕國家。中國在八〇年代就把西方給狠很的甩在後頭了，用的也是同一種密謀。你永遠不曉得他們現在的國家領導人是誰，因為他們死後總是還能出現在電視上。」

「而且金正日不會死，除非那副墨鏡先死。」鮑伯說，「北韓人民會朝墨鏡行禮，而把墨鏡的主人冷落在一旁，這是一個笑話，也是一個嚴肅的事實，他們才是一個正港的強大國家。」

「所以呢？他們舉辦閱兵晚會，通知你做什麼？」

「這是一張邀請函。」他壓低聲音，「他們破例讓我以媒體見習者的身分，和各國記者在萬壽台最好的位置觀禮。」

「麗容不會讓你去的。」

「她會。」

「你回不來的，他們知道你有能力作光碟，這些獎賞是陷阱，他們會把你留在平壤，朝鮮勞動黨缺乏多媒體方面的人才，這是釣餌，你會被迫歸順，變得怪裡怪氣，搞不好連我也會被拖累。」

「我能看見阿里郎，洲際火箭，核子彈頭，還有萬人在廣場上踢正步通過的樣子。」

「隨便你，多帶一點吃的，他們那裡可沒有二十四小時商店。」

「沒有房貸、婚姻、以及保險問題，國家都替你準備好了。他就像一個脾氣古怪的好爸爸。北韓的貧民問題是個西方編造的騙局，用以掩飾自己的貪汙及浪費。他們其實很快樂，而且不吝於分享，是我們太過心胸狹隘。看看台北吧，我們才是真正愁眉苦臉的貧民。」

克隆生命的專業錄音室我們並不滿意，金業務員要的不是那種乾淨明亮的聲音。鮑伯腦筋動得極快，二個星期前，他找到這間隱匿的小庫房，就在十七樓與十六樓逃生梯中間的夾層。他動手弄出了一間隔音室，人們從樓梯上上下下時不會曉得經過了我們頭頂。他在天花板上鋪了凸狀的泡棉，拉進了空調管線及鹵素燈泡，架高了地板，將毛毯和吸音橡膠貼在四周的密封木條板上，最後我們關上了燈，從裡頭把門帶上，確定我們進入的是一個沒有空隙，聲音，光線的世界。

我們對外徵選聲音樣本，來函必須是三十至四十五歲的成熟女性。我們也建議她們在漆黑的室內講稿，或是閉眼默念，越遠離日常的狀態越好，盡量將自己關起來，鎖在狹窄的室內，讓話語自行探尋出路，那才是我們需要的聲音。

我和鮑伯並未限制她們得說什麼，但是在播放數千張光碟、錄音帶、電子檔案後，我們發現內容全都大同小異，人人巧合的去虛構一些類似的事情，相似度高達七成。這有點令人失望，我們對死亡與疾病、意外、苦惱、掙扎，希望與嘛下最後一口氣的過程沒有偏見，也對她們總是拿寵物貓，狗、親人，或是某部劇集裡的角色當作主角沒有異議。但為何她們全以悲痛，或是神經兮兮的演技來詮釋這些事情？

她們似乎覺得那些最悲慘的事情不會在自己的身上發生，一味任性的鋪陳故事，添加高亢與低吟的情緒，幾乎到了輕浮的地步。尤其在陪伴親人最後一個時辰的經歷，幾乎一模一樣。悲慟的格調不是應該要高一點嗎？我們並不是在看八卦週刊，我們進行的是需要嚴肅以待的工作，反覆聽這些日常故事讓我們感到空虛，那不是真的世界。

在這些悲慘卻又乏味的回顧裡，我們最終發現了一位與眾不同的聲音。她的見歷是如此令人動容及深刻。有別於他人。她徐徐地述說在一處遙遠的平原上，住著一頭白色人猿的傳奇。她說話是如此鏗鏘有力卻又平易近人，打從一開口就吸引住我們的耳朵。我們寄給她一份韓文的講稿，數天後她沒有令我們失望，她忠實的以平壤知名主播，李春姬的腔調，演譯這頭人猿的聲音，充滿著感情。牠選擇在北韓住下，和人民一起生活與勞動，不因為全身的白色毛皮而受到歧視。

我被包圍了，鮑伯在牠的聲音裡同步播放著來自北韓的錄音聲響。我們沉浸在萬人空巷的工人廣場裡。整齊劃一的澎湃歌唱，一波又一波的衝擊而來。金正日在吶喊，白色人猿也是。他們的聲音化為一體，牢牢吸附著我。從那三百六十度包圍住我們的空間中。我發覺這聲效也太過逼真了，幾乎搞不清楚身在何地。

金正日也許就在周圍，我在一片漆黑裡注視錄音室與我們之間的玻璃窗面。他藏身在那裡，鏡裡其中一幀我的無數倒影之中。

這十幾天來，我們足不出戶的窩在這密室，聆聽各種聲音。將聲音快轉、暫停、跳過，慢放、拉長。以手指摸索那些光滑的推鈕，專心將自我凝聚在聲波的幻象中，咀嚼監聽耳機裡最細微的紋理。為了測試音響的定位，鮑伯時常切掉了燈，於是這裡成了一只密實的黑箱，環繞著我倆人的悶聲低喃。

「我在哪裡？」他問。

「你在左上靠近紙箱的地方。那紙箱裡頭有幾束白報紙，紙箱外寫著，此面朝上。」我回答。

「我在哪裡？」

「你現在走到靠左一點的小圓凳旁，那地毯上有兩天前打翻的蘋果西打。那是你做的但你假裝不知道。」

「現在呢？」

「你走到我後面，大概兩步遠的位置，準備打開燈好讓我嚇一跳。但你不會這麼做，因為我已經猜到了。」

「不對。」

「我知道不對。我故意猜錯的，其實你只是往前了兩步，絨布猴子掛在牆上，塑膠杯裡插有免洗筷。別動，你現在抬起了一隻腳，你想偷偷換位置。」

「全部答錯。」他說，「我從頭到尾都在原地沒動。」

黑暗吸收了我們感官，認知一無是處。這些拼裝泡棉很有效果，我們成了暫時的盲人。無聲大得像一頭獸，蹲在牆角裡嗥嗚。浮游的粒子在眼前大規模移動。鮑伯說那是黑色的噪點，是人腦依稀的神經殘留，是盲人唯一能在水晶體找到的東西。他站在那裡，黑色的沙在周身噴溢，像一具萬蟲鑽動的人偶。

我又看見了。滴滴答答。

而且越黑越清楚。幾點了？那流沙般的粒子會是時間嗎？

沒有了光，不會有時間。

可是我聽見了轟隆不絕地悶響。

那是聲音的另一種層次，是腦部神經元製造出的幻影。

那我到底看到了什麼？

一個沒有時間的地方，一個虛空的容器，充滿了斑點與神經疲勞。你看到的是生命與死亡的邊界。

地球是在宇宙曆第一年的十月份形成的。同一年，太陽比地球早了二個月又十八天誕生。第一隻恐龍的出現是在耶誕夜，最後一隻恐龍死於隔天的星期六早晨；類人猿在十二月三十一日晚上十點十五分開始具有類人猿的行為，同一天晚上十時二十二分站起來嘗試行走。在宇宙曆最後一天的幾秒鐘裡，一個原始人在石壁中鑿起了第一個屬於我們的記號，其名為時間，萬物始得運轉。偉哉。一〇〇號。這張岩石照片上的紋路就是主的真跡，祂與時間的祖宗融為一塊土黃色的化石對我們訴說道理。你看清楚了沒有？

喂。鮑伯說。
我知道，我們得再試一次。
你別發呆了。
讓它再說話看看吧。
我們應該給它取個名字。外國人都會給新產品取上名字。
就叫它李德吧。
那個病鬼？
我沒那個意思。
牠不是一隻人猿嗎？怎麼會叫人的名字呢？
那是她假扮的。她說著那隻人猿的經歷，用的卻是自己的聲音。
牠等於她。
我快搞糊塗了。
已經很晚了，別它不它了。就別管那隻蠢人猿。

按鈕了。我輸入了「健康活著」，還有關鍵字「希望」。

「我覺得不舒服。我跌倒了，有東西跑到我眼睛裡。」

「你幫幫我好嗎？」

「我燒傷了自己，請包紮這個傷口。」

「我要最貴最好的。」

「我怎麼了？嚴重嗎？」

「請給我鎮定劑。兩顆。」

「我是不是必須休息幾天？我一定要住院嗎？」

「我會珍惜生命，我還有兩個月可以活。」

「不是這只電話嗎？」

「我還有多久可以活？」

「別用那種臉看我。」

「我怎麼了？」

「六〇 C.C. 夠嗎？」

「我很沮喪。我對阿斯匹靈過敏。我對止瀉劑過敏。我二小時前吃過了。」

「錯了。我要開刀的是這隻腳。」

「你能開一張保險用的診斷書給我？上面寫，半身不遂。」

「是的，我沒有宗教信仰。」

「我聽不見的是右耳才對。」

「請將它們都縫進去。」

「我還有一個星期可以活。」

「別用那種表情看我。」

「這些有多可靠？」

「請給我一些抗生素。」

「救命！我受傷了！」
「救救我！」
「請幫助我好嗎？」
「救我！」

11

星期日的下午，在馬芳那間二室一廳的小公寓內，我們吃完了飯，一起用完了外帶的盒裝蛋糕，聊完公司內所有陰鬱怪誕的人物，釐清傳聞的臆造和幻影後，已經無話可說。這是今天的第二次無話可說，她提議移坐到客廳的沙發上，喝一點她也不曉得是什麼花草的茶包。我在她對面端坐著，看著茶壺注出滾燙熱水，專注到好像從沒看過熱水一樣。我在水氣瀰漫的馬克杯中思索著接下來的話題，那杯緣底下畫的是一隻穿著燕尾服的兔子。

是的。公司的升遷名單裡，已經確定有我了。這就是為什麼我會在她家的原因，馬芳打算做一桌菜來慶祝上司的晉升，同時也慶慰自己能安穩的繼續這份差事。她不希望被調任，不希望在有幹勁十足，充滿新鮮感的年輕人之中工作，在那種競爭之下她會窒息，加速毀了她的下半輩子。百年後的元月初就會公告這項人事令，克隆生命市場研究部經理，這幾個字會加在我的名字上頭，印在兩盒全新的名片裡。

馬芳是第一個知情的人。她之所以重要的原因就是來自這裡。一直以來，克隆生命的人事升遷，大小瑣事，似乎都是透過像她這樣的助理傳播的。而她們加起來有十多個，足夠組成一個完整的訊息網路。上個月十九樓的保全部部長羅傑，一個鬢角銀白的狠角色，因為多填了一個零而買了四十公噸的玉米而被懲處。十六樓的出口部經理聘請了一名瑜珈老師，來教授身心舒緩課程。這個人的英文名字叫鮑德溫，取名的靈感來自美國老牌演員亞歷・鮑德溫。只有體型龐大的鮑德溫自己才相信，沒人曉得他們在那間會議室裡幹些什麼事，助理早就替他們傳遍了整間公司。

半小時後，我們漸漸喝出了答案。那茶應該混有迷迭香、印度薄荷，還有大量的咖啡因。這讓周遭開始明亮起來，各種色彩之間都添了些深度，氣氛漸入佳境。我們坐在鋪有繡花座墊的沙發上，聊起嬌嬌的成長往事，越聊越有勁。這是一個很大的部位，占去她許多心靈空間。馬芳拿出家庭相簿，翹著腿，帶領我看著一本又一本記錄著這小女孩成長點滴的相冊。包括她這短短五年以來，與三個不同階段的父親在各種遊樂園，格調不一的風景區，以及烤肉度假村所留下的合影。

電視機以很小的音量打開著。那是一齣港式的警匪片，槍聲與爆破以一種朦朧的輕響流瀉在房裡。

不管照片記錄的是多歡樂之事，觀看照片注定屬於一種感傷的行為。隨著過往的被喚起，她開始變得一語不發，也使我漸漸感到有點不自在。我接手替她翻閱相片，加速她審視那些過往的時間。速度是幫助遺忘的藥劑，如同我在療養院給爸爸翻讀那些復健字卡時，我的動作就會相反的放慢一點一樣。

「這裡頭我去過。」我指著其中一張相片中的背景，一座有白色錦鯉和邱比特雕像的圓形噴水池。

「卡多里樂園。」她說。

「就是台中的卡多里樂園。」我說。

「那噴水池旁有一面很大的橫條木牆，牆後是停車場，團體巴士全都停在那裡，另有一間付錢才給衛生紙的廁所。」

「你家人也帶你去過？」她有些驚訝，「我以為你父親不方便已經十幾年了。」

「並不是。二〇〇七年我就去過那裡。在那些留美同窗好友的堅持下，他們掏出腰包讓我遊玩三遍『死亡鬼屋』。那是我遠赴康乃狄克的前一年。『死亡鬼屋』首創全程搭乘露天小火車，遊歷全新翻修的電子十八層地獄。那裡頭號稱沒有任何活人，不需工讀生操作儀器。當時的報紙上說，卡多里引進日本三菱技術，以及機械介面系統。」

「我有點印象，當時那裡很熱鬧。」她說。

「何止熱鬧，那些自動刑具用的是真正的氣壓動力，速度與力道都不是開玩笑的。每個人都給嚇的不亦樂乎。」

「我們那一家當時不適合去鬼屋。」她說，「那是一次離婚前的家族旅行，氣氛不對。」

「太可惜了。那裡頭除了劍山、血池、殘酷的刑罰、還有長相與現今美國總統如出一轍的閻羅王。」

「美國總統？」

「就是他。」

「歐巴馬？」

「不折不扣的歐巴馬。」

「真不可思議。」她說，「卡多里怎麼會知道他會成為美國總統，他又為何在地獄裡。」

「我的意思是他們長得很接近。」

「怎麼可能。」她無精打采的回答。

她對這些玩笑沒反應，接著便是第三次的無話可說來了。但這回好了一點，只要不停止翻閱相簿，我一直都有事情做來避免沉默。

我是否該開始暗示她，我想談的是更深一種層次的對話？而不只是在體重或者天氣上面打轉。我想要談論的是我這個人的組成。諸如價值觀，宗教信仰，諸如真正的傷痛。諸如死亡。她為何沒有發現我的所思所慮出現了蹊蹺，發揮一個助理應有的愛管閒事的熱忱，開口問問我最近有無煩惱？我們一天相處超過八小時，應該要更加無話不談才對。

能不能讓我看看妳對了解我的努力，多問這個小孩子一些生活近況，讓他能有機會釋放那些因為過於荒謬而無法說出口的恐懼。

她將冷掉的茶包從碟子上拿起來丟掉，轉頭看了下時鐘，對了我笑一笑。警匪片中的一座倉庫倒塌了，許多人從窗口飛身一躍，手腳揮舞地落入海中。

「為什麼這些男士都沒有臉？」我問馬芳。

「什麼沒有臉？」

「這些相片裡的男人。妳的前夫們。」

「什麼男人？」

「妳跟嬌嬌的合影照旁，都有一個沒有頭部的男人。」

「他們有。只是被塗掉了。」她看了一看，「或是被剪掉而已。」

「妳有這麼恨他們？」我看著那些缺了洞的身體，充滿刀痕的五官，小心地發問。

「他們給了妳和嬌嬌不愉快的生活。但妳還是堅信著婚姻的本性為善，三結三離，真了不起。」

「誰說我恨他們。」她一臉狐疑。

「是嗎？」

「那麼這是怎麼回事？」我指著一個支離破碎的男人，他只剩一隻手搭在那時還十分豐腴的馬芳的肩膀，另一隻剩下的手放在育嬰車上，裡頭應該是還是小女娃的嬌嬌。若這個男人完整無缺的話，這會是一張完美的家庭合照。

「那是我第三任的老公。」她說，「他有嚴重的自卑感。不能接受我曾有過其他男人。」

「原來如此。」我又翻到前面幾頁，「這些切口全都乾淨俐落，好一個恨意深沉的男人。」

「他否定我那第一、二任的老公。否認回憶，相片、甚至一隻在洗衣機後面找到的男性短襪，都曾讓他抓狂過好幾天。」

「這沒道理。」我說，「他連自己的臉都刮花了。」

「沒錯。那是最後階段的事情。」

「最後階段？」

「在那個時期他的忌妒到達了高點。他開始無法忍受相片裡那個傢伙擁有幸福美滿的婚姻。」

「他無法忍受自己？」

「如果你一定得這麼問的話。」她低聲地說，「是的。」

「妳阻止過他嗎？」

「我盡量讓他保持心平氣和。」她說，「那些瘋狂的行為其實只是一小部分，他是個好男人。醫生也說，和他遇過的其他病患相比，他的行為仍十分正常。」

「看醫生的效果如何？」我問，「從結果來看，那一小部分還是擊潰了他。」

「我在他面前收起指甲刀、剪刀、我的修眉刀、釘書機、細字原子筆，任何具有刺激性的東西。我要明白地暗示他，我在意他的一舉一動。我對他說，進去房間，你已經有點怪怪的了，就在他什麼事都還沒做之前。」

「那就對了。他已經差不多是個菸毒犯了，再來呢？」

「他求我放過他。別把他當神經病。我拒絕。我說，我只是不希望你傷害自己。況且，我們家還有一個小女孩？我怎麼知道你會拿指甲刀對她怎麼樣？」

「瘋狂都是有徵兆的，妳做得很對。要保護自己。」

「但是有一天，我發現他坐在桌旁，就是我們吃蛋糕那張圓桌，他不停地撫摸著臉，從清晨開始到晚上我走進房裡關燈睡覺為止。他似乎以這種方式與遙遠的自我對話，完全忽視我的干擾。當時我告訴自己，這就是我第三次的婚姻最後剩下的東西。」

「那可不太妙。」

「就讓他發洩吧，他也只是喜歡對那些相片動刀動槍而已。我告訴自己，那些相紙其實是些假象。是一張張的白紙，只是添加了些正確比例的墨水。他不喜歡那些彩色墨漬，又有何不可呢？」

「有沒有想過其他原因？」我說，「比方說精神疲勞引起的輕微精神病？那是很難診斷出來的。」

「沒有。」她說，「一切只是他堅信我不是真的愛他。他有嚴重的遺傳性魚鱗癬，體重只有五十公斤不到，沒有長鬍子，指甲越來越少。他的一輩子生活在幻象式的自怨自憐裡，連和我在一起也一樣。」

「魚鱗癬？」

「一種代謝異常的毛病。我終日掃除從他身上掉下來的東西。皮膚、頭髮、或是指甲屑。想像一下一具光滑堅硬的身體，像一尾魚。我心甘情願整理一切，但他卻認為這種潔癖是針對他的。你相信嗎？」

「不相信。」

「我愛他，和他睡在同一張床，洗他的枕頭套。他卻認為這現實的一切都在對他說謊，包括我，還有那些彩色照片。」她搖了搖頭，「為什麼我愛上的男人，全是像這種骨瘦如柴的偏執狂。」

「妳怎麼認識他的？」

「別提了。」

「妳擔任什麼慈善活動的義工？還是哪一個罕見疾病基金會的助理？」

「我不想說。」

她不再回應，手指頭在照片上輕輕拂著。

警匪片中的兩個男人現在坐在藤椅上喝著咖啡。他們面對著主持人，正在解釋某一片段裡的因果感情。過了好一會兒，馬芳收起茶具，走到流理臺後打開了水龍頭。

「那是在十九樓的實驗室。」

過了好一會兒，背對著我的馬芳開口說道。

「什麼？」

「二年前的一項皮膚角質抽取技術的會談，他是許多徵召而來的男性受驗者之一。」

「妳說什麼？」

「我幫忙送表格還有塑膠手套進去。那時他深情款款的看著我，事情就是這麼開始的。」

她聳了聳肩，側臉睇著我說。

「不准問為什麼我會喜歡上他。」

這個十坪不到的小天地布置的相當簡單。廚房、浴室、起居間都以極有效率的方式相連在一起。陽臺和窗邊種有藤類與葛類植物，一株株在瓷罐中長的枝葉茂密。餐桌上的瓶瓶罐罐井然有序，廣告紙全折成小方盒，整齊地堆放在鐵製餅乾盒內。塑膠袋和襪子都捲成一小團塞在房裡每個能當作收納的盒子裡。每個地方都利用到了，雖然我沒有親眼證實，但這裡的每一個抽屜，肯定都有布製格籃用來收納各種生活細節裡的東西，大至家電說明書或水龍頭栓、小至鈕扣與折價卷。母女倆雖然擠身在如此小的空間，放眼望去以後，應該也找不到她們需要大空間的理由。

馬芳曾經提過，她在第一個失敗婚姻後開始有了分類癖。喜歡整理看不順眼的東西。她曾將所有電腦裡的檔案與資料夾重新命名過，用的是一個叫佐藤可士和的日本人的方法。這是極為龐大的工作，那是在第二段婚姻失敗的時候，她分類的項目與數量在那一年達到了驚人的地步。

她暫時留我一個人，去進行她所謂的家事時間。今天是星期日下午，在僅剩不多的用電離峰時間裡，她必須把一週分量的衣服、床單被單，都送進有打折時段的洗衣機中。而我在客廳，從擺在米色辦公櫃中的電視裡打發時間。那是些一成不變的旅遊節目。我叫不出名字，但知道主持人是個過氣的鄉土劇演員。他穿著卡其色童軍服，頭戴灰色硬盔帽，在餐桌旁說著蹩腳的當地話逗笑一大家子的人。那笑聲十分薄弱、卻一波波而來，懶洋洋的在房裡來回拍打。

晾衣架上有凱蒂貓的絲質睡衣、從大小來看，不可能是嬌嬌的。浴室的臉盆架上也有，體毛刮刀有一個打著蝴蝶結的貓頭，連整整齊齊的牙膏也是粉紅色的。她何時讓她的分類癖也染上了童心未泯的特質？這是一種失婚婦女的新標準嗎？對了，這房裡有很多的凱蒂貓，眼前就襬了一個，方方正正的凱蒂貓鋁質五斗櫃。

我還看見窗外的內褲及胸罩，以及如一尾褪皮的蛇般晾在繩上的褲襪。胸罩的邊上似乎有兩條硬物，看起來像一種皮帶，馬芳整天都穿這種東西嗎？我想起我那還未長成的細瘦屁股上所穿的兒童內褲。

一切是這麼的令人昏昏欲睡。

你在迴避我們嗎？一〇〇號。我們覺得。我們觀察時間已經好久好久了，發現他並沒有一刻會固定下來。他化成祂，總是將死亡帶來帶去，以數字編號，埋進祂那不管季節晝夜，都一樣盎然盛開的後花園裡。百年是一個死亡的數字，祂專為你而設。你會不會感到害怕？

消防車從窗外呼嘯而過，笛音刺耳。這棟沒有電梯的雙拼公寓就在一處高架的交流道旁，可以看到真正走上高速公路的跨縣市急救事件。在一片晃動的人影之中我聽見門喀拉一聲關上。這個光景我在夢裡見過。馬芳穿過客廳，走進一片半透明的玻璃，水花聲嘩喇喇的接著響起。她在圍裙上擦乾了手，無聲無息的又從堆滿貓圖像的粉紅色浴室出現。我睜了睜沉重的眼皮，看見她走了過來，坐進沙發另一端裡。

她從茶几下抽出一瓶飲料。寶礦力。暢快的連喝了好幾口，幾乎能聽到她的胸口被飲料通過時的聲音。她舒了一口氣，拿起遙控器，慢慢將電視裡的新聞音量轉大，好聽清楚裡面的人正在說些什麼。

「東印加人堅信，全知的神曾經在聖地舉行過一場競賽。被召集來的動物們要是能爬上其中一棵光溜溜的樹，便能成為掌管大地的主人，永生不老。一隻來自大草原，全身雪白的猿成功了。牠以尾巴保持自己平衡，並且將濕滑的果皮丟向其他動物。最後，牠贏過了大象，鬣狗、以及山羌羊等動物，成為最後的贏家。」

「呼裡哇芭芭。在古東印加語裡。這是讚美白猿的意思。金融海嘯那年後當地觀光業已經蕭條許多。但每年的印加節前夕，前來爬樹朝聖的人潮還是相當踴躍。這些人多半患有各種慢性病，卻還是堅持登上四十呎高的聖樹，因為他們相信透過模仿白猿登樹的行為，會被神奇的力量給治癒。」

「居住在大草原的原住民堅信白猿的智慧與力量。不僅僅是他們，甚至連金融界的科技業大老闆也體驗過這些奇蹟，這是科學也無法解釋的鐵證。看看唐納•川普。這位華爾街的金融巨人已經在電視節目裡頭，公開他年輕十歲的祕密就是來自於他在東印加和這些數量稀少的珍稀猿猴共同生活的旅程。呼裡哇芭芭，朋友們。不妨你也來唸看看。說不定白色神猿的力量也會賜福給你。」

「真了不起。」馬芳說。

她的眼睛裡有一種奇怪的波光，停留在那一隻給人雙手牽著，全身白溜光滑，如一個赤裸幼女在學習走路的猿猴上頭。

12

夜晚的市民運動場特別熱鬧，充滿來此休閒以及運動的人們。很多人就住在這附近，標準的城市人。他們晚飯後來到這片現代原野，漫遊在紅色的PU塑膠粒和韓國草皮上，打羽球，跳舞，遛狗或者慢跑，激烈的程度雖各有所不同，但全離不開這環狀的廣闊空間。

爸爸在家的晚上，我們通常不會出門，但今晚是個例外。街上暖風徐徐，不時迎面而來一股熱流，氣溫實在不像是冬天，沿著馬路走來運動場不過三十分鐘，我已是大汗淋漓。我站在場邊，發現各據四方的水銀燈柱中，臨西側那一座是壞的。人們經過這裡時周遭會逐漸轉暗，像是從白天走進了夜。我將爸爸推到燈光下，他的影子因此變得很長。我久視這一道影子，它使爸爸看起來像是站了起來一樣。

我們先沿著場邊走，盡量不打擾在磚道上活動的人。這真是個壯觀的場面，有如此多渴望運動的人們一下子出現在這裡。有些婦人們將外套脫下來，綁在褲頭上打了一個很緊的結，有人在樹下來回地揮動臂膀，還不只是一個人，團體賦予這種單純的肢體擺動更深層的意義。有人逆著操場跑道快走，有人邊走邊拍掌，也有人雙腳綁著藍色的沙袋。奇怪的是，進行這些可稱為旁門左道的運動的人，清一色都是些頭頂略白或略凸的中年人，沒有年輕小夥子。

他們到哪裡去了呢？我越走越深，來到了田徑場周遭才看見這些年輕人的身影。他們大多汗涔涔的，有些人還打著赤膊，五、六個人形成一個競爭的團體，一圈又一圈不停地跑著操場，不肯服輸也不肯落後。有一個燙著玉米鬚頭的小夥子，在沙坑前猛烈助跑。他的褲子都快掉了，同伴們在鼓譟，在嘲笑、在給他打氣。這真是這運動場最詭異的畫面之一了。他們並不缺乏運動，而是需要休息。我時常覺得，小夥子們的神情受制在一種透明的信念裡，停也停不住，他們盲目的直往那兒蹭，只有這麼做才能抑制心房的噪動之聲，那正是因為運動過多所引起的。

即將來到的連續假期會不會是導致人們對運動如此狂熱的原因呢？我也常經過此地，即便是夏天也不曾看過如此多熱血上頭的景象。而且更加奇怪的，應當還是場邊那些剛完成激烈運動的人們有越來越多的傾向。他們濕的像一頭剛分娩出來的馬，全身煙霧騰騰，叉著腰喝水。看到這些人我會避開一點。這些穿著嶄新運動鞋，心率監測手錶，眼鏡上有鼻墊，正在階梯上按摩自己大腿的男人。我會跟自己說，離這些有精神潔癖的人遠一點。

一百公尺跑道旁有二個穿著全白運動服，頭髮濕淋淋的女人在發傳單。她們笑容可掬，衣服都紮進鬆緊褲的腰際內。她們站在跑道外側，招呼著來往的民眾。遞出傳單的那隻手戴著白色的絲質手套。

朋友，你知道自己哪裡有問題嗎？在這末世紀前的光景時刻，你選擇用什麼方法來了解自己？

□問神父
□問朋友
□問上人
□問同事
□問家人
□問社工
□問醫師
□問佛祖
□問專家

以上都不對，你要問的是R・約翰・金巴多博士。以及他的法儂維茲。

這是人文學家暨宗教家R・約翰・金巴多博士一九二九年於墨西哥市W.D.特區的演講問卷之一。演講中，金巴多博士發表了法儂維茲截至該年為止，在高階技術上的進展。這包括數百件奇蹟的發生。憑藉法儂維茲的技術，使得耳聾的小孩忽然聽得見了。跛腳的小孩擺脫了枴杖、盲人重見光明、近視度數不斷減輕等等。而這些「奇蹟」完全沒有倚靠任何形式的生理治療。僅僅處理精神個體本身，人類的疾病、偏差錯亂與殘疾，就能獲得解決。利用R・約翰・金巴多博士研究發展出來的簡單原理，每個問題都可以從法儂維茲中得到解決，從教育兒童到降低犯罪率，從處理職場問題到解決國際衝突。

運動場邊的司令臺正在進行著搭建舞臺的工事，這些工程連晚上都在進行；當我偶然從外邊經過運動場，常能看到人影出現在鐵架上。而今天的人比往常還要來的多，他們爬上爬下，將燈光線從這裡牽到那裡，從橫跨的衍樑上垂降布幕，在地板上打洞，抱著成束的電纜走來走去。他們的頭盔上都有一盞燈，底下的臉孔全十分模糊。後頭有人在測試著大型發電機，調整雷射光線，他們啟動那些乾冰風扇，司令臺瀰漫在一片光霧之中，成了一個在夜晚閃閃發光的舞臺。

這又是一個慶賀百年的地方活動，特別的是在兩層樓這麼高的尼龍帆布正中央，由密密麻麻的輕鋼架搭建起來的衍樑上，加掛著一只顯示倒數時刻的一百二十吋液晶螢幕。秒針飛快的前進，完全看不清楚顯示些什麼。時間飛逝而過，只有在每個整點會稍稍停止，吉祥物「年娃」會出現在液晶螢幕上旋轉，翻滾、越滾越快，越滾越模糊，最後返還成數字。

這顯然有和金融摩天大樓的時間看板呼應的意味。我走近舞臺，帶著些不解。看看那些黝黑的金屬邊框，LED發亮字體與銳利的色彩，將時間裝飾的多麼漂亮啊。如此具有魔力的時間裝置出現在這都市原野，不僅是被煙霧及燈光弄得興奮異常的小孩，即便是從旁經過的大人們都難以抗拒。他們望著在上頭敲敲打打的工人，登上施工中的舞臺，摸摸那些粗曠冰冷的機器，想弄清楚框裡閃動的東西是什麼。他們歪著頭，男女都有，逗留在那兒，心中徘徊著謎團。那是什麼感覺呢？那閃動的幾乎糊成一塊的數字，以極為細小的能量在奔跑著，不是一個鐘頭，不是一分、也不是一秒，那是超乎他們想像的單位，但是那又意謂著什麼呢？

舞臺的音響響起了 The Ventures 樂團的新虎膽妙算。

百年。一個世紀的整數。人們悄悄的向它對正，看齊各自的壽命長短，這是個深沉的字眼，卻也有人無動於衷。看看那個牽著腳踏車，土司邊條從塑膠袋裡灑出來的老人，他對百年一點感覺也沒有，是不是？他們只關心要到健保藥局拿藥，睡覺前要把假牙拿下來這些瑣事。注意這個戴著尼龍網帽，小步小步移動的長者，他一定弄糊塗了才會在這時間出來。現在是晚上，沒有鴿子會飛下來吃他腳邊的麵包屑。

多無趣啊。百年對這些老人沒有任何影響力，那鐵框裡的數字對他們毫無意義。他們頭也不回的從舞臺前走過，拄著拐杖，被滿場跑的孫子搞得暈頭轉向。他們甚至不曉得有這舞臺的存在。他們來運動場不是運動的，而只是待著，坐在任何能坐著的地方，拿著收音機在有助聽器的那一隻耳朵旁搖晃，無視於整座運動場辛勤耕耘壽命與健康的人士。我猜他們一定在想，我還需要運動幹什麼呢？我願意和任何人打賭，他們這種態度將活不過百年後的隔一年。而我可以。我絕對可以。我不可以嗎？未來的我將擁有何種人生，我的眼睛會是什麼樣子？我看起來會有多高？我會養貓，養狗、或撫養一個值青春期的叛逆小孩嗎？

等等，我自己不就是一個小孩？

我和爸爸熱身完畢，開始漫步在操場的跑道上。我推著他，跑步的人們大批的經過我們，點點的汗水濺到我的身上。

「話說回來，陳經理。」

「爸。你說話大聲一點。」

「話說回來，陳經理。」

「準備當一個經理的感覺如何了？現在總算是你可以稍稍鬆懈的時候，但別太久，要回過神來，時間總是趁人無防備時來一個背後偷襲。」

「我說過別在外面叫我公司的頭銜。好嗎？」

「陳經理。混蛋陳經理。」

「還沒呢，爸爸。要等到元旦過後。我只是想提早讓你開心一下。」

「我老了。」

「你才八十五歲。」

「我快要死了。」

「別這麼說。」我說，「你的人生才正要開始。爸，許多我們認識的叔伯阿姨年紀都比你大，但是都十分健康而且快樂。」

「他們也都快死了，搞不好比我快。他們也許活不過百年後的第一個星期天。」

「沒有人能活得過一百歲。爸爸，這是一個絕對的數字，是壽命的極限。每一個人都是一樣的。」

「我這個兒子表裡不一，只有我知道。你看看他的表情，他能把一句話說的多麼漂亮，他就是靠這些心機撐起一個家。」

「你這個兒子就是我。」

「混蛋兒子。」

「死並不足惜。爸爸。重點是活著的時候我們做了些什麼事情。靈魂是永恆的，只要我們這一點上堅持到底。」

「那麼。換你去死吧。混蛋。怎麼不換你來坐坐這張輪椅？」

「爸爸。美國為什麼剷除不了恐怖主義？你說看看。」

「關我什麼事。」

「那是因為阿富汗人根本不怕死。你知道嗎？美國人弄錯一件事情，以為死亡是最大的威脅，是最後的底線。他們在這條線後頭計畫所有事情。錯了。有哪一個自殺炸彈客不是從容赴義？哪一座游擊兵訓練營不是以死相搏？爸爸，你知道鮑伯，我的一個好友。他說，當一個人展現了對死的輕蔑，也就逃離了壽命的枷鎖。核武器、萬寶路、猛禽式戰鬥機、可口可樂、帕米拉•安德森、尼米茲級航母、搖滾樂都摧毀不了他們來世的靈魂。他們的宗教是屬於來生型的那一種。阿拉告訴他們未來並不存在於這輩子裡，而是在遙遠的兩百年，四百年，六百年之後。他們的眼光和阿拉在一起。他們會一起在那個時刻復活，那並不只是耶穌的權利。會寫書的人都能使故事裡的角色重生，讓奇蹟在他們身上發生，讓他們站起來宣揚自己的道理。」

「胡謅些什麼。看路，小心前面那條狗。」

「而且我希望你不要再叫什麼陳經理。這裡只有我們兩個，我們在路邊這個運動場，不是在公司。」

「對付女人你可要自己靠自己了，我什麼都能給你，但這一點你可是學不走的。」

「我知道，她們都怕你。沒有一個護士願意在你身邊待超過半小時。」

「別人可能忌妒你，至少看起來是這樣。但你在我眼裡是一個悲劇，一個必須提早報廢的人生，我很清楚，我比誰都清楚。福倫托指數、綜合智商指數、行為信價比。你在六歲時的分數差強人意，但隔年你是滿分。當下我預見了一個邪惡、可悲的人性從你幼小的眼睛裡慢慢萌芽了，成真了。那是聰慧，是狡詐、是冷嘲熱諷與謊言在你體內投下了種子，而且一發不可收拾的迅速長大。我恨自己太晚生下你，衰老是一種毒素，沉澱在我褲襠裡揮之不去，提煉出連我都嚇一跳的畸形疫苗。可悲。你是個垃圾，是個實驗下的不良品。」

「爸爸。」

「等等，你別又來了。你哭什麼。哭能掩飾事實。對，聰明的傢伙。收起你的虛偽來，別以為這樣旁邊的人就以為你是個小孩。以為我在虐待你。混蛋。」

「我不哭了。」

「閉嘴。」

我推著爸爸走著，我們是第四號跑道。一旁的印尼雇傭推著附近醫院裡的老人，她們分占五至六號跑道，老是超越我們。那些輪椅內的老人膝上都有塊毛毯，身上接著點滴及呼吸器，膚色的管子繞進衣服裡，看起來奄奄一息。這些皮膚黝黑，說話速度極快的女傭，腳程一致。她們將塑膠袋繫在輪椅把手上，鑰匙和熱水瓶碰得叮噹作響。她們捲起袖子，穿著非常緊的牛仔褲，輕輕笑著。也許因為走在後頭的是一對奇怪的父子，小孩哭哭啼啼的推著一個搖頭晃腦的老人，她們輕聲啼笑，也許只是因為生性樂觀。她們每個人的輪椅上都有著一顆斜仰在椅背上的花白色腦袋，兩顆眼睛骨碌碌的盯著來往的人。

司令臺上的時鐘悄悄的來到整點。液晶螢幕播起了「年娃」的短片。一隻碩大的玩偶背著另一隻玩偶跑了出來，在一個地下室裡來回跑動。他們都是真人扮的，毛茸茸的手舉著「喜賀一百慶瑞年」，「恭喜恭喜發大財」的標語。

我想起我曾走過那地下室，那是一條地下街道，一個人潮眾多的地方。只是影片中那些商家的鐵捲門都是關著的，獨留一成排的日光燈芒通到深處。那影片的攝影機從沒移動過，兩隻人偶就這麼輪番在鏡頭內外跑進跑出，在音樂以及舞臺燈光下蹦蹦跳跳著。

那些雇傭走了一圈又趕過我們，其中一個正講著電話。

「喔在哪力？老闆。我明點放假。蕎不好？」

「老闆。太太交喔來載阿公回家。」

「我不知道啊。」

我們曾經說過，真主持著樹藤捆製的手斧在洞窟裡構思，鑿下那些橫豎不一的記號。在那以前，我們沒有時間。那之前的真主活在獨一無二的永恆，未來仍是不存在的單詞。一〇〇號，祂鑿下的是星期天，但其實那天還是星期四。祂覺得很無聊，抓了抓頭。

有個女人騎著電動摩托車出現在運動場。那種車是給殘障者使用的，看起來很新，有三個越野輪胎以及綠色帆布車篷。她看起來有些得意，跑道上的人都轉過頭，看著這台車穿越了PU田徑場、沙坑、單槓區。她輕按喇叭，引起幾隻狗吠，從運動場另一端的馬路揚長而去。

13

我與爸爸窩在陽臺，欣賞西下在鐵窗外的夕陽。這棟公寓雖然老舊卻也安全的很，鄰居們鐵門深鎖多年，卻未曾聽聞宵小的光顧。也許這是一個屋裡比屋外危險的時代，防盜鐵窗內只能成了放置內衣褲、盆栽、熱水器以及黃色軟膠水管的場所。久了之後，鐵窗外從此也只能看見內衣褲、盆栽、熱水器以及更多黃色軟膠水管，不再有任何東西，連人影都沒有。

但是從裡頭走出來的人會嚇你一跳，你希望他在還沒發現你之前，趕快從陽臺上消失。

我還有多少個日子能享受這吉光片羽？夕陽在冬季的天空下一圈圈渲染出不同層次的光暈，包圍著這處於凹陷盆地底的城市。夏季潮濕多雨、冬季也潮濕多雨。這一邊的城市已近昏暗，櫛比鱗次的大樓群在陰影下細節難辨，顯得彼方天空下還更是一片澄黃。絮狀的雲塊懸浮在不可測的明暗之中，迢遙的信號聲裂響在大氣裡，一隊鴿群乍然拍翅飛過，在各種厝屋頂樓中盤旋穿梭。

我與爸爸分享郵箱內的傳單，這些精緻典雅的珠光明信片氣味特殊，上面似有一層膜包覆在上頭。

人生生短短一遭，您非得體驗之事：

1. 在百老匯首席座位觀賞歌舞劇「悲慘世界（Les Miserables）」。
2. 搭乘專屬直升機欣賞數以萬計北極企鵝遷徙的景象。
3. 啜飲當季第一口「薄酒萊」紅酒。
4. 持雙管來福槍在加拿大林場狩獵。
5. 以您的名字命名在亞馬遜流域發現的新品種昆蟲。
6. 出版個人傳記。
7. 乘坐發現者號頭等艙，與比爾・蓋茲，史蒂芬・霍金，以及麥可・傑克森等人共遊太空。
8. 擁有專屬桿弟。

9. 享受五十六國（陸續增加中）機場貴賓室的尊榮服務。

10. 在一個雷陣雨的午後，接到由萬事達卡專員送上的雨傘與貼心問候。選擇天際聯盟航班，選擇萬事達極響卡，成就夢想，禮遇非凡，成就人生，四海一家。

信號聲裂響在大氣中，一隊鴿群乍然拍翅飛過，在各種厝屋頂樓中穿梭，在頂樓的加蓋中穿梭，在各種屋頂的加蓋上穿梭，在加蓋的加蓋上頭穿梭。我們在一座堆砌而起的島嶼上，漂流在潮濕的洋流海岸。

*****

在一整個鑲著鏡子作為牆面的員工餐廳裡，各式樣熱騰的早點，稀飯、熱豆漿、蒸籠及滾燙的咖啡爐將這個早晨淋成一片煙霧迷茫的景象，彷彿一個床邊夢境。男人們站在餐檯間，似醒非醒的挾著報紙及外套，抓著翹曲的頭髮，調整領帶與褲頭。女人們則吃的很少，浮腫的眼裡充滿血絲。他們沿著牆，排隊挑選菜色，成了兩列隊伍，對著那塊煙霧裊裊的鏡面，梳理著頭髮，眼屎、以及自我的私處。這是一種心靈上的疲勞，窗外射入的銀鉛色陽光，一清二楚的地磚隙縫，餐廳裡甚至有鳥兒在叫。

那裡頭有一雙眼神特別奇怪。

這個小矮個是誰？為何坐在那裡盯著我不放。就在正對面那一排位子上，手擺在臉旁扶著一顆剛好超過桌面的腦袋，他為什麼在這裡，模仿著我的動作，當我移動著我的臉，他也笨拙的跟著搖頭晃腦。真有意思，這個小孩和我大眼瞪小眼，根本不怕我。我打翻了我的早餐，湯匙及叉子全都掉到地上去，牛奶溢的到處都是。他們現在全轉過頭來，像看見一個小孩做蠢事般笑了起來。

有人將電視的音量轉大，是早晨的新聞報導，鋼釘及鐵架從梁中伸出來懸起了這臺三十二吋的重物。它嗡嗡嘷叫，好比一種長在天花板的生物，給我們新的一天帶來了工地倒塌，大小不一的火燒車，以及哭訴棄養的消息。鉅細靡遺。

瓷盤與分菜勺碰觸的聲響是一種旋律。有人在之間說話，一種隱微的聲響。

「隨著百年的腳步聲悄悄來到，我國在南太平洋的友邦——東印加，即將獻上一項大禮。一項受到全球不分男女老少都喜愛的禮物——白色人猿。這隻瀕臨絕種的靈長類動物，被發現在距離東印加首都乎里瓦巴二百二十公里外的一片山谷草原內。一位隸屬海外志工營隊的年輕黑人Chart Kimble，在市集小販的手中發現這隻靈獸。」

「一身雪白的猿猴，因為迷路和恐慌被村落外的獵人捕獲。就讀於坦桑尼亞大學的Chart Kimble，當機立斷將牠買了下來。這隻白猿的額頭長有一塊黑色斑點，像一滴長形汙漬，也像一株根莖植物。他看了好一會兒後，腦海裡出現了番薯兩個字。Chart Kimble想起他當交換留學生而前往的一座城市。台北。這座城市所在的國家就是一顆番薯。他曾在這塊土地長住了三年，對這塊潮濕有雨的島嶼產生了感情，甚至還有個中文名字叫做『查進寶』。年紀輕輕的查進寶，曾參加總統大選遊行，也曾在光華商場組裝電腦，而大啖臭豆腐是這個黑人最難忘的回憶。截至最新的外電報導，動植物防疫所正與這位愛國外賓合作，希望能在檢疫無虞的情況下，將白猿以最快的速度趕在元旦前送抵國門，作為慶賀百年的第一位國際貴客。」

銷假上班的李德成了談話中心的主角。我們將碗碟移到一張鋪有蕾絲方格的圓形餐桌上，盡量坐的靠緊一點，以免那些手端著瓷盤，點好餐點卻找不到自己應該坐哪裡的閒人打擾到我們。

「他們說這種腫瘤是最近幾十年來才有的。是一種新型腫瘤。」

李德抬起頭伸直了他的脖子，讓桌旁的人能更近的看清楚他所說的東西。

「左臉顎軟骨下一顆約三公分，靠近咽喉這顆是七公分，再下來一點這顆是上星期長出來的，應該有一元硬幣這麼大。」

他依序的指向那些部位，準確的像練習過千百遍。

「這一顆帶來了一點小麻煩。但是它的位置很好。他們說，這一顆的位置恰好在要害的最遠處。」

「他們是誰？」問話的人是劉敏。她換了一塊新的紫色頭巾，依然憂心忡忡的把雙手疊在胸前說話。

「她們是護士。」我替李德回答。

「護士……」她將這兩個字唸得既輕又慢，似乎不確定這個字的意思。

「沒錯。」

「我有件事不懂。最近你時常往同一家醫院跑，那些健康檢查為何沒把那些腫瘤檢查出來。」我說。

「他們有，只是沒告訴我。或是有告訴我，在那四十幾頁的檢查書裡，而我找不到在哪裡。」

「這是什麼鬼醫院。」

「我去的並不是一般的醫院。」

「它位在一條窄巷內，在艋舺公園的黃昏市場附近。巷內攤販街友聚集，算命的攤位也不少，醫院就在其中一棟公寓內，要掛號得登上四樓，因為以下全是普通住家。六樓的開刀房有一扇窗時常開著，龍山寺金爐的煙氳時常飄來這裡，有時還有伴唱機傳來的佛號。我躺在病床時總是會想，這真是我去過最獨特的醫院了。」

「你在這樣的地方做健康檢查？」劉敏皺著眉問。

「沒錯。我再也不盲從跟著一般人上那些大醫院了。越好的謊代價也就越高，這家醫院的設備當然和其他地方沒得比，但是過去我花了那麼多錢，腫瘤卻是在這家才發現的。我十分氣餒，感到受了欺騙，從此越有地位的醫院也越讓我懷疑。我這麼說吧，這家醫院連牌照都沒有，我是透過許多管道才查到地址的，裡頭有一位姓劉的醫師，醫術獨特，是許多人暗地裡推薦的，我就是衝著這個人而去的。」

「越來越像個傳奇故事了。」我說，「他該不會是那種靠一把刀能解剖連體嬰，或唸唸咒就使人不藥而癒的隱世怪醫吧？」

「信不信由你。」

「但是，這醫生連你身上長了腫瘤都沒清楚地告知你？有沒有可能其實他是個庸醫，因此沒想到骨子裡的嚴重性？」我問。

「很簡單。因為它們是健康且正常的，何以要特地提醒呢？劉醫師告訴我沒必要大驚小怪，人類的組成太複雜了，不需浪費時間在每一個細胞上。發病才是清楚的指標，對一個長有腫瘤的人來說，發炎和組織擴散才是一種明確信號，護士在檢查書裡會特別以粗體紅字標明，等到了那時候，我再去緊張都還來得急。」

「你說什麼東西是健康的？」我問。

「腫瘤。」

「嗯。」

「怎麼可能呢。」我說。

「它們待在那裡，被固定下來，就在脖子上，離我的重要器官還有好一段距離。」他停了一下，有些消沉的說，「除了我兩邊耳垂的腫瘤以外。」

「可是。為何你不處理掉它們？現在是現在，未來有何變化誰能保證。把它治好或開刀割掉不是一勞永逸？」

「我相信劉醫師。他不想拿掉，自有他的道理。」

「要是我的話就會。」我說。

「你還真奇怪。陳何。難道有病人替自己的診斷作主這回事？」李德抬起頭看我。

「為什麼不行呢？這不是你自己的病嗎？」

「踏進醫院後就不是了。我的腫瘤必須交出去，拍成照片、存檔、送進電腦裡研究、最後交給醫師。你有這樣的觀念，很多人也有。等到你也患上什麼都東西在身上的時候再來說吧。我感覺，你不會是受歡迎的那一型病人。至少不會是劉醫師的病人。」

「你找劉醫師是對的，這是你前世修來的福報。他來度你。」一個也在這張桌旁的男人說道。

「你也知道這個密醫？」我很驚訝。

他點了點頭，吞下嘴裡的食物。他是在十六樓工作的系統工程師，蓄鬍，戴著一副會隨陽光而變色的眼鏡，別人叫他傑克。傑克正接著剝另一顆水煮蛋，面前已堆了一座蛋殼小山。

「我們會有腫瘤是因為身體在生氣，就是如此而以。它因為我們疏忽了它，冷落了它，給它不好的東西而在鬧情緒。」李德說，「劉醫師就是這麼說的，你們最好也跟著做。每天早上起來都像這樣按摩脖子。」

他以四根手指推著自己脖子，由下而上往下顎的地方集中。他仰著頭，視線因此顯得有些奇怪。我們坐近了一點，他認為我們還是糊裡糊塗，於是放慢速度，讓我們體會他手指出力的樣子。

「去感覺腫瘤或是結締組織的滑動，感覺它的形狀。如果可以，說些好話。劉醫師特別叮嚀，坐頸部推拿時，要拿出內心的喜樂和腫瘤說話。」

已經有人仰起頭，學著李德撫摸起自己的脖子。

「我很想知道。」我說，「這個劉醫師的背景到底是什麼？」

至少三個人瞬間瞥了我一眼，掩藏著些許訝異。

「別老是躲在自己的世界裡。陳何。多少吸收點新知對你不會有壞處。你總是不耐煩聽我說話，我感覺得到，因為我在你底下工作，你一直對我這個下屬有意見。但是你至少記住這個名字。他會救你一命。」

李德這句話說的漂亮，成功的使我啞然無語。在某些時刻，比如說談論著衰老或病死的時候，我和這個外表病懨懨的成人比起來還是存在一種絕對性的差異。人們會去相信他，而不會相信一個小孩子說些關於死亡或者救贖這類的事。

「他不關心你脖子上這些凸出來的東西，卻看你耳垂上的腫瘤不順眼？」劉敏問。

「沒錯。他一眼就抓住了重點。」

「耳垂？」

「就是在耳垂這裡，好險我遇到的是劉醫師。我偷偷問過其他人，聽到的是千篇一律的回答：那不礙事。」

「那不就是？為何你只肯相信他。」

「因為那確實很難受。」

「但是劉醫師不允許我開刀。當我兩邊耳垂各被檢驗出真正有危險的時候，他還是堅持他是對的。聽過劉醫師的人只知道他是個特立獨行的居士，但親眼見過他的人才能曉得他獨特的程度在哪。在那段劉氏療法的幾天裡，他甚至不許我在他面前提到開刀兩個字。即便那還只是試用期。」

「試用期？」

「通過試用期的人才能夠成為他的病人，否則他會將你趕回那些大醫院去。他會說，就讓那些醫學院的教授去處理你的問題吧，只有他們夠資格。我們都聽得出來這話刻薄在哪。因為我們就是從那些醫學院出來找他的。他對每個病人都是這麼嚴格。」

「活下來真的很好，李德，你的耳垂看來一點事情也沒有，只是稍為大了一點。幸好你沒有迷信那些大醫院裡的醫師，真正的專家不會窩在那裡。」傑克說。

「沒錯。」

李德點了點頭，咀嚼著嘴裡的美生菜。他看起來就像一頭脾胃虛弱的長頸鹿。

「我很後悔我一度回去找那些大醫師，那些掛著教授頭銜的醫師真是弄慘了我。我的保險沒有一個願意付錢買診斷書上的那種藥。因為不管吃不吃，我都被宣告只剩八個月可以活。這真是天大的笑話。他們說我脖子上那些東西終會一天天使我窒息，活生生掐死我。有個腫瘤權威將我的頸部X光片掛在牆上，給幾個他身邊的學生上課。他讓那些女學生輪番猜錯答案，洋洋得意，只有他知道那些陰影代表的意義是什麼。」

「太過分了。」劉敏微微的發抖，她看起來有點生氣，叉子上的義大利麵不停在抖。「我知道你的感覺。這很不公平！」

原來這就是只剩八個月可以活的人的樣子。我心懷悲憫地看著他。可憐的李德，被眾人的關心包圍的李德，精神奕奕的即將開始他剩餘的日子。我感到，不論最後他的病是真是假，恐懼都會如影隨形的跟著他一輩子。

「但就在某一天，我的耳朵似乎被吹了氣，無緣無故腫了起來。我兩片耳垂又大又疼，痛的實在受不了，蔓延到整個下巴還有脖子，連吞口水都像嚥下一顆石頭。我走到劉醫師的診間，鼓起勇氣敲門。我希望他能替我立即解決痛苦，馬上替我開刀，把我耳垂上的腫瘤割掉。」

「你不可以這麼做！」傑克緊張地說。一顆蛋舉到嘴旁又放了下來。

「我知道！我只是太痛苦了！」李德說，「那種痛是你們無法想像的，我只是在他面前提起某個住院醫師成功開刀的故事，他馬上不高興的沉下了臉。我的心裡想著，完蛋了。」

「他怎麼不高興？」

「好好想一想。他說。就留我一個人走了出去，我看他走到陽臺邊，讓身後的門留著一條縫。他掏出一根菸緩緩的抽了起來。那是一個晴朗的上午，龍山寺那頭傳來鞭炮聲響，綿延好幾條街，熱鬧極了。」

「他不喜歡別人和他提開刀。這和打他一巴掌沒什麼兩樣。」另一個我不太認識的人小聲地附議。

「坦白講，我真是既生氣又後悔，我的耳朵像火一樣在燒，一直燒到我的後腦。我整個脖子好緊，像一根快要扭斷的木材。我一直看到金色的閃光，就像那些屠宰牛隻的金屬鋸盤在我眼前旋轉。我巴不得快點解脫，坐在那裡看著他，太難熬了。」

「記住了。病人不應該知道太多事，病人應該知道的是，相信自己的醫生。」傑克冷冷的說。

「我在很多地方聽過這句話。」我說。

「他很專業。」傑克說，「他是頂尖高手，只有高手們會對不信任他的人如此冷酷。我們得信賴那些專業人士，否則他們幹嘛出現在我們身邊，這是難以解釋的緣分，既然我們選擇，就應該全心全意將自己託付給他們。」

「沒錯。」

「我們唯一不能相信的是這個。」傑克看著在場的人，接著大家注意到他正敲著自己的餐盤與飯碗。

「不能相信你？」劉敏驚訝的說。

「不是。」李德說，「是食物。」

「就是食物，我們吃進身體裡的東西。」傑克說。

「有道理。」已經有人點了點頭，但我還不曉得這意味著什麼。這讓我有點緊張。

「你們想想看，不要太久，就想想看一百年前吧，我們有沒有聽說過這麼多的腫瘤？」

傑克靜靜的看著所有人，最後停在我臉上。

「繼續。」我說。

「淋巴瘤、腦瘤、神經瘤、鼻咽瘤、肺瘤、胰臟瘤，它們到底有什麼共通特性？」

「致死。」

「差不多。還有呢？」

「突然而來？」劉敏說。

「說到突然而來，有誰注意到昨天一則新聞。安哥拉一支足球隊在出賽前遭到武裝分子攻擊，死了三個球員。他們坐在巴士內，而巴士正在前往比賽會場的路上。那是世界盃的資格賽，安哥拉能踢進這一場不容易。這件事代表什麼，這種既遙遠又靠近的況味到底是什麼？」

傑克誠懇的發問。

「這個我能回答。」劉敏說，「沒有時間準備就是那種感覺的答案。我們如何準備下一秒而來的意外？不可能。意外使我們多麼難堪啊。這就是之所以令你感到遙遠的原因，人都會避免難堪，遠離會使自己受傷的境地。我只是用猜的，安哥拉是不是個在非洲的國家？他們雖然窮，但是體能與球技樣樣不輸人，他們穿著球衣就從家裡出發了。這些年輕人，在車內被卡賓槍打穿了。他們的上衣被拉了起來做 CPR，胸膛鍛鍊得很紮實，渾圓緊繃，在死亡的前一刻劇烈起伏。」

「也是。提醒各位。我們剛才提起的關鍵字：食物。」李德接著說。

「有毒嗎？」

「很接近。這麼說吧，腫瘤都不是侵入式的，而是自然的長出來的。就和我們的牙齒和頭髮一樣，自自然然的從我們體內長大。長大需要養分，需要食物。換句話說，我們吃進去的東西有一部分用來供給這些細胞的成長。」李德接著說，「要注意食物。尤其是肉類。牛肉能不吃就不吃，你們都知道我從美國回來的內情。最好禁吃葷食、吃素，吃全素。再來，如果你懷疑自己生了病。那麼最好什麼都別吃。只喝水。」

我曉得李德如此瘦的原因了，他勒緊褲帶，每天不睡超過三小時，原來就是想把他體內的腫瘤活活弄死。但是，他這種決心與轉變到底從何而來，又為何只有他走上這一條艱困的路。難道沒有別的辦法好好活下去嗎？像那些健健康康，穿著綠袍和拖鞋在健診中心相互打招呼的男人一樣。

活著對他而言是多辛苦啊。

「你們不覺得我們的疾病變多了嗎？」他問，「我們從前有沒有這麼多的腫瘤？」

「難不成他們是突然在這個世紀末才出現的？」

「好像沒有。」

「基因突變在一百年前也沒有。沒有白化症、沒有早衰症、提前老化症。」

我補充，「這算不算也是一種病？你們有沒有研究過？有沒人想發表一些看法？」

我打算趁著這個時機將話題延續下去，進而抽絲剝繭我對自己的一無所知。而餐桌上鴉雀無聲，每個人突然忙了起來，吃著碟子裡的早餐。劉敏和我還不錯，我著急地望著她，希望她能帶起這個話題。她卻在與一隻雞翅搏鬥，無暇發現我給她的求援訊號。

入冬以來最強的鋒面要來了。寒風細雨即將覆蓋跨年的那一整個星期。氣象台裡的人說，這波寒流將寫下百年以來的低溫紀錄，在某一日清晨時分，可能降至零度。這團低氣壓從西伯利亞出發，癱瘓了內蒙古的鐵路和巴士，越過日本海凍結了新瀉。它準備南下。因為太陽黑子的劇烈活動，這波寒流還有機會增強。

一個化著妝，皮膚很薄的男人在氣象節目裡眉頭緊蹙的說。在濕度與溫度互相影響下，這個城市恐會下雪。

下雪？

是的，他的雙唇紅潤，眼神近乎肅穆的唸出這幾個字，樣子像是希望我們支持他，肯定他所說的話。

確定的是，百年來最盛大的跨年晚將會如期舉行，不因任何理由而中止。台北的電視台即將與中南部十數個縣市聯手轉播，將晚會以接力的方式進行下去。為了延續跨年的激情，這場晚會將破例演出十一個鐘頭，打破過去所有紀錄，其中有四個會落在凌晨倒數之後，直到天亮。

14

「你現在才十一歲？」

「對，我是，我沒說過我是嗎？」

鮑伯看著我那張晉升通知函陷入沉思，嘴角浮出一種古怪的笑容，我開始後悔將這件事提前告訴他。

他將那張密封的信函塞在我身上，從椅子上站了起來，現在的他看起來特別高大。

「來吧，出來散一下步如何？」他拉著我，「就我們哥兒倆，我怎麼感覺好久沒和你好好說話了。」

我們一前一後，他一隻手搭在我肩上，我則走在離他半個身體的前面，這樣亦步亦趨的，我看不見他，只能回答他所說的話，漫步在美耐矽酸板所隔間起來的辦公室迴廊裡，經過了許多單位的辦公室門口，一圈接著一圈。

「前幾天，我將一個人送進了派出所。」

走到第三圈時，鮑伯終於開口說話。

「誰？」我問。

「一個女流浪漢，她因抗拒受捕而被打了好幾棍。聽說斷了幾枝肋骨，眼角膜也破了，可能會失明。」

「把經過說來聽聽。」

「我想先說在前頭。在一種極端生活的形式面前，譬如像你，或那種放任自己在街頭生活的世外之人，知道你們的存在會讓我感到憤恨而不滿。一方面我當然是平庸的，和你這樣的際遇不凡的人相比。但是我沒有罪過，任何人都無權怪我，因為這是我天生的弱點，我也是這種缺陷的受害人。」

「那和這個女流浪漢有何關係？」

「有，因為你們氣息相近，你們都有一種擺脫常規枷鎖的天分，看著你們經過我身邊真是令人難受。聽著，就在去年吧，我開始在一座公園附近發現了她，跟蹤她長達數月。這女流浪漢隨地小便、蓬頭垢髮，身上飄散著像是十年沒有洗過澡的氣味。她喜歡抓起東西就往嘴裡塞，但最喜歡的還是過期的咖哩飯便當。她居無定所，像一頭野狗般棲息在這附近的社區，不定時的睡在那幾座公園裡的其中一個。我那陣子鬼迷心竅，對這號人物著迷不已，她像個放牧自己的牧羊人，袋子裡裝滿鐵罐和寶特瓶，自由自在。」

「搞不好你說的流浪漢我曾看過。」

「她藏身在塑膠袋與層層的外套裡，總是喃喃自語，邊走路邊吐口水，嘴裡似乎有很多沙子或泥巴。她會打自己的臉，在十字路口痛罵空氣。我發現這感覺好極了，當我在自己家裡也學著這麼做時，一種喜樂及靈光如我想的那樣出現，暫時的解放了我。這是什麼時候開始的？上個月？總之，那使我的煩惱拋到九霄雲外，差別只在我不敢在大馬路上這麼做。」

這是第幾圈了？我自問，而鮑伯還沒有停下來的意思。我發現，當熟悉的空間以有別於日常的方式加以對待時，陌生之感便會慢慢浮現。如同寫了數十遍的同一個字，我看見了細節中的細節，各種扁平的裝潢材料充滿在這回字形的空間裡。我看著牆上的纖維層板，這種永不腐壞的材質同樣用在某些衣料上，只要將電燈開關蓋版拆開，就會揚出一堆粉塵，數不清的玻璃碎末，一旦螫入皮膚便再取不出來，永遠成為身體的一部分。

「她遊蕩到了我家附近，每個晚上都睡在同一個地方，我下班時會刻意繞過去看她在幹嘛，只是不巧她都在讀報紙，還沒有睡著。終於，我逮到機會，就在前幾天那個特別溫暖的晚上，她提前就寢了，就在一個鐵捲門下的紙箱旁，那是一個視線的死角，水溝裡的蚊蟲唧唧地在鳴叫，四下裡只有摩托車偶爾呼嘯而過的聲音。她睡得如此安祥，連一個人站在她前面如此的近都不知道。我慢慢打量她，由上到下，每一個地方都不放過。天啊，她真是又臭又醜。現在想來還是如此不可思議，我們完全沒有共通點。她是一包城市間的垃圾，我年薪超過百萬而且有房有車。她是個居無定所的遊牧民族，成天趕著自己到有水有草的地方去，我是個愛家的男人，提供老婆還有兩個女兒一切所需，我甚至是入贅到麗容家的，在我丈母娘還沒走時，我和四個女人生活在一起。」

「那麼，你為什麼要羨慕這個女流浪漢？」我問，「為什麼？」

「我蹲了下來，思索著她塑膠袋裡的衣服、塑膠袋裡的塑膠袋，思索著那兩只裝水的實用寶特瓶，裝滿日用品的菜籃，層層疊疊有層次的保暖穿著，她是如何將那麼多襪子穿進鞋子裡？我設法破壞那又濕又重的屋頂，一腳踢向那堆厚實的紙箱，但還是失敗了。她的世界將她鞏固在一個安全堡壘裡，好像這是一個她自己的國度，而她是個國王，也是個皇后。因為久視之後，我還真沒把握她到底是不是女的。她就這麼樣在我的看護下安睡著。眼皮微掀，打著呼嚕，整整兩個小時無視於我的存在。」

「後來呢？」

「我打電話叫附近的警察過來，至少要派兩個。我說，這裡有一個相當危險的人物，身上帶有兇器。他們相信了。」

「然後呢？」

「派出所來了一輛警車，走下四個人，用槍托及警棍叫她起床。她的臉像一個被活埋在礦坑裡的工人般驚恐。」

「你為什麼這麼做？」

「我躲在巷尾的萊爾富便利商店內，喝著果汁，和店員看著他們一棍接著一棍往她身上招呼。她穿得真厚，像個灰色的胖老鼠，不時轉過頭以口水反擊，以引來一記重擊。她連挨打都不像你我一般會大呼小叫。她倔強極了。」

「你快樂嗎？」我問，「你為什麼要這麼做？」

「為什麼？」

「我為什麼要怎樣做？」

鮑伯一直重複這個問題，但他按著我的肩膀，不讓我回頭看見他的臉，而且始終沒有回答問題。

「人事令在過幾天就要下來了。」我還是直話直說了，「有人計畫好要給我一個驚喜，辦一個晉升酒會。我希望你能來。」

「我有聽說了。」
鮑伯沉默了好久。
「短短幾年，你真的讓很多人刮目相看。」
「恭喜你。」
「我一定會到場。」他說，「對了，酒會在哪裡舉辦？」
「就在公司。也許訂個會議室吧，馬芳會把通知發出來的。」
「知道了。」
「謝謝。」

我很晚才離開，一個不知所屬部門的男子走了進來，與我共乘一部電梯。他臉貼著手機正在講話，喂喂了幾聲，他站得離門又近了一點，似乎覺得有什麼都東西阻塞住了，從手機傳出的聲音越來越稀小，終止在一個莫名的單詞裡。他開始拍打起了手機。

這個男子已經放棄，無奈地盯著顯示板上緩緩倒數的數字。這行為改變了電梯的運作，時間似乎被拉長了。我觀察他，這個超時工作的男人，五官是一種閉鎖的狀態，憂慮的符碼。他的臉給一圈長在頸子上的毛托著，那是一件蓬鬆的尼龍布羽毛外套，滑膩的頭髮貼在後腦勺上，彎腰駝背，皮鞋的鞋根都選在外側磨損，只有內側的形狀完好無缺，這到底是如何造成的呢？

這個加班工作的男人渾身散發一股被折騰的氣息，尤其突出的是焦慮。他總是在時間中被遺忘，屬於時間的匱乏者這一類型的人。加班、休假、遲到、繳房租。他的時間太不夠了，總是可憐兮兮被追著跑，這樣的人可說不在少數，全在這幾棟工業大樓裡打轉，連同在克隆生命裡，我就發現到好幾個。

我想到克隆生命應該重視這件事，舉辦一些活動來找出這些人，聘請講師或教練使他們知道自己有一些問題。如果我當上經理，我會叫人將這些人集中起來，鼓舞他們，建立好他們的價值觀，讓他們能好好工作。電梯門開了，他匆忙地走了出去。頭頂的塑膠喇叭說，一樓到了。清晰明瞭的女性聲音，近的好像就在耳旁。我走了出去，電梯門闔上了。

電梯上樓。

那塑膠喇叭又在鐵門內說話，帶著空洞的回音迅速的爬升回去。

隔天。晉升酒會的高潮是輪番的與在場的人乾杯，一瓶又一瓶的伏特加倒進調味水果雞尾酒裡。似乎是有人為了討好我而刻意安排的，雞尾酒裡面加了許多動物形狀的果凍，漂浮在大水晶酒盆裡，紅橙藍綠，各種海陸生物和大型冰塊浮浮沉沉的碰撞，彷彿一種大陸沉沒後的奇觀。

酒會是在二十樓大會議室舉行的。人事部叫了些簡單的西式外燴，其他人則出了點錢訂做了一塊大蛋糕。一座以我的樣貌做成的人形蛋糕。這玩意長的和我一模一樣，只是還要再小一點，不過也有三十吋這麼大。大家都有些醉了，便大口吃起了那蛋糕。鮑德溫是第一個摘下我右手臂的人，他雖然個頭大，但酒量頗差。所有人看著他直愣著那條手臂，哄堂大笑，接著將我給分食了。劉敏是玩得最瘋的，披頭散髮地滿堂跑。沒有人敢去提醒她的頭巾掉了，因為她抓著我的重要部位，褲襠的那塊核桃巧克力，追著許多年輕男職員。地板和牆壁滿是斑斑痕跡，在這種場面下，一會兒後我只剩一顆頭了。那正是最油膩的部位，又白又厚的奶油。她們端了過來叫我捧著，拿起相機拍了一張照片。

馬芳是裡頭最安靜的人。也許這種場面她過往見識太多了。昨天下班前，她繞過來我座位旁，等了一會兒後開口說。

「你為什麼不取個英文名字？」

「英文名字？」

「你就要升職了。我說，你可別介意。但陳何這個名字實在太平凡無奇。你怎麼沒想到換上個英文名字呢？」

「我還真沒想過。對了。為何我從沒想到呢？很多人都有英文名字。傑克，鮑德溫，還有十九樓那些傢伙。」

「回去找一個。每個英文名字唸起來效果都不一樣，寫起來也有些差異。有些名字歷史悠遠，有些讀音莊重，有些名字的縮寫帶有宗教意涵，一些多音節的名字甚至被英國貴族使用過。」

「我才想到。所有我認識的主管都有英文名字。」

「你才想到。」

「哈！只有我叫做陳何，道道地地的中文名字。」

「別一直講。」她說，「好像你很傻一樣。」

「還好妳提醒我。」

「這不算晚。記住了，避開和別人用一樣的名字。尤其是那些沒什麼品味的人。選一個適合自己身分的。他會跟你一輩子。不要用陳何這個名字了。」

「一個新名字，一個新人生？」

「沒這麼好。但會讓你多了一個身分。你以後就知道了。」

在刺鼻的酒氣瀰漫整個會議室，囂叫聲達到了震耳欲聾的時候，有一個人將燈光調亮，走到了前臺。

「請大家安靜，聽我說句話。」

說話的人站上了前臺，示意在場的人轉過頭來。

「我從來沒想到過。」說話的正是鮑伯。他低著頭沉默許久，抬起頭繼續說道。

「二十年來我從來沒有想到過，自己有一天會站在這裡說話。站在這麼多各部門的貴賓面前說話。」

「因為一個小孩。」他飲光了手中的酒，但其實他拿上臺的是一只空杯子。他已經相當醉了。

「不，應該是市場研究部經理了。」

「感謝董事會、傑克方，還有人事評鑑會的吳姐。你們真的作了一個對公司非常重要的決定。」

這些人其實都不在現場。似乎有人察覺到了，鮑伯是針對著我而來的。

他們慢慢避開他的視線，好讓後頭坐在加高椅墊上的我，能夠與他四目相對。

「有一些誤會需要解釋，鮑伯。」我說。

「解釋？不必了，難道還有更糟的事情是我不知道的嗎？」

大門口走進一個陌生人，一個戴著鴨舌帽的女子。她東張西望，肩背著一個大袋子。

「麥當勞外送，十份大麥克餐，兩份蘋果派、還有一份快樂兒童餐。」她大聲唸了手中的單子，臉帶微笑。

「是一位鮑伯先生打電話叫的熱賣外送，哪位先生小姐能簽收一下。」

「喔喔，來了來了。」鮑伯跌跌撞撞的走了過來，向每一個詫異的眼神送上笑容。

「快樂兒童餐，快樂兒童餐在哪呢？」

「你夠了吧？！」馬芳說。

「來，有玩具喔，你看看這漢堡上的小旗子，是不是很喜歡啊？經理。」

他走過來想拍拍我的頭，但被我雙手擋住。

「鮑伯，我明天跟你一起到人事評鑑會澄清，你被調職與我無關。」我說。

「來嘛，小鬼。我看過你口袋裡的小玩具了。你不是很喜歡撿一些小垃圾嗎？你是經理了，還撿什麼垃圾呢？」

「你有點風度好不好，跟一個小孩賭氣，你是不是男人，是不是男人？！」

馬芳走到我身邊按著我的肩膀。

「妳閉嘴。賤貨。」

「你說什麼啊！」

「要不是有這小鬼妳能混到這時候嗎？」

馬芳的酒以及巴掌幾乎同時落到他的臉上。

「我靠的是我自己。你搞清楚。這裡的人誰不知道你鮑伯只出一張嘴？被調到營業部你要慶幸，至少沒有人想到你還能去總機接電話。」

鮑伯閉上眼睛，我曾經看過這樣酒醉的人，他們一臉灰白的面頰上帶著粉紅，而且會突然在不得體的時候忽然睡著。

「經理，請接受我的道歉，對不起，我失態了。」

他撐大了嘴，一手拿起兒童餐所附的玩具。變形金剛文具組往裡頭塞。

「你幹什麼啊？！」

「把它拿掉！」

「經理，對不起，請當作我剛剛在放屁，我把屁吃回去，我的屁！」

「叫車，叫救護車。」

「我不能沒有工作，我還有一個老婆要養，麗容你見過吧，看看她的分上吧！我大女兒秀慧今年要到澳洲念大學，我小女兒秀慈還有三個學期的鋼琴課要上。拜託，她們是無辜的！拜託！」

「把他的手拉住！」

鮑伯的牙齦滲著血，手上滿是掉出來的輪胎以及車頭燈碎片。他的襯衫髒了，臉部像一個上下跳動的畫面，所有東西都在發抖，那些塑膠終於被嚼成了碎片，看不出原來的樣子。那哽咽的口吻令所有人開始相信，他已經吞下了一部分變形金剛的組件，而且快要令他窒息了。

「我鮑伯是個王八蛋、敗類。我鮑伯是個王八蛋、敗類。什麼事都沒有，什麼事都沒有對不對？！」

「大家都是好同事！好姊妹。馬芳，對不起。我鮑伯向妳道歉，妳請經理原諒我，好嗎？他最聽妳的。我拜託妳了！」

他拱起雙手作揖，微笑的嘴角滴下了紅色的血珠。

「你們還在看什麼啊！」馬芳的尖叫使一旁酒醉的男人有了動作，搖搖晃晃的向鮑伯接近。

「我慘了。我鮑伯慘了我。」

他繞著會議室的桌子給那些男人追著跑，不時因為地下的奶油滑腳而引來驚呼。

終於，他站不住了，抓住百葉窗往後一倒，乾脆的以腦勺著地。那聲音既清響又沉悶，所有人都停了下來，對這種突如而來的結束感到不知所措。

15

清晨四點多鐘，我坐在街角咖啡館的角落，一邊讀著索然無味的昨日報紙，一邊將手中的咖啡一點一滴飲去，等著寶哥赴約而來。這已經是今晚的第四杯了，那位在吧檯睡眼惺忪的工讀生，還是煮不出一杯能溫暖我的熱飲。如此冷的冬夜，這催人清醒的黑色液體只使我的胸口更加不適，通體發涼。

天色幽藍，窗外已是夜的尾聲，卻沒有一刻真正寧靜過。總是有人經過咖啡館的窗，經過這塊街區，如一群徘徊遊蕩的幽靈，三三兩兩、勾肩搭臂、男男女女。甚至還有跑步而過的小孩。我隔窗觀察，同時也被人打量著，漫無目的地交會，一雙雙空洞之眼。

巷內又有一道鐵門拉下了，那力道的猛烈與突然，片刻過去後仍使人餘悸猶存。

這城市是否降臨過完全的黑夜？我想起曾在一處地下道的牆上所看見的攝影

作品。一幅名為 Taipei City 的巨大相片，從某個樓屋眺望而出的夜景。街道的車流曝光成一條金色河川，淌在七彩燦爛的招牌之間，人們融化在速度中，化為一條條白色光帶。這是一幅得獎作品，以漂亮的框裝飾著，恍若我們住在一座全然為發亮而生的夢幻城市，不論日與夜都瘋狂的轉動著。

「南太平洋島國薩摩亞的街上，今天充滿了興高采烈的民眾，因為當地政府宣布，維持了近一百二十年在國際換日線東側的時區，將在新年來臨前調整三小時來到西區。換句話說，原本因為時區而被迫最後過新年的薩摩亞，將在法令公布後，一夕間成為全世界最早迎接新年的國家。更由於時區調換，十二月三十號這一天將會配合政策『自動消失』，讓該國人民可以避開時區混淆的困擾，直接來到跨年當日。」

我收起報紙，想起寶哥，這記憶裡一身黑衣的蒼白男子遲到已久。我看了看錶，想起他應是個有時間觀念的人才對。他到底有什麼不得已的理由，非得遲到七個小時不可，而我又為什麼，非得喝著冷掉的咖啡繼續等下去？

一條毛髮糾結的流浪狗在吠叫，黑灰色的，如一頭生活在溝渠裡的巨大老鼠，發了狂的追著一輛大發三門轎車，穿過滿是夢境的街道。在狗的眼裡，也許那並不是一部車，而是一條狗，一團幻象、或一種速度。不管是什麼，在牠的眼裡，自有一種理由觸發了這不可遏止的憤恨。

在歡迎光臨的自動門鈴聲後，一團冷冽空氣捲進了室內。我抬頭一看，一個手提行囊的高大男子出現在門口。他一臉疲憊，兩頰滿是鬍碴，眼神卻仍灼灼地環顧著那些空蕩的座位，像個窩藏於山野間的獵人。在我意識到該不該和他眼神對上之前，他先看到了我。於是那張臉慢慢和我的記憶重疊，覆蓋了我的睡意而出現一張熟悉的面孔。寶哥。

「你來遲了。」

「我剛下飛機，這天色是怎麼回事。這裡是白天還是晚上？」

他坐妥，納悶的看著窗外。

「我們約的是晚上九點。昨天。」

「抱歉。我被迫多轉了一班飛機到香港。」

「為什麼？我在這裡坐了快七小時，你一定得解釋一下。」

「我在雅加達等著要回台北，離登機只剩三十分左右，行李檢查那邊有點狀況，我走過去，看見一群吵吵鬧鬧的人包圍住一個神經病。他拿著手機大吼大叫，霸占住登機門的入口，警察要動手阻止這個瘋子，卻被航空公司的人勸下了。」

「為什麼？」

「因為那瘋子是這班飛機的機長。」

「好一個機長。」

「據一個驚魂未定的空姐說，這傢伙原本就有些懼高症。」

「我以為駕駛這大鐵殼在空中飛的人抗壓性都很高。」

「嗯……不如說抗壓性高的是我們。」

「為什麼？」

「因為你把命交到這些人手上，卻連他的臉長得怎樣都不知道。」我回答。

我沒有如往常般追問下去。近來，聽聞哪裡又有一種存在於生命裡的威脅，我似乎已不再那麼想深究其因。我越來越能夠接受這世界上確實存在著些莫可奈何之事，它到處都是，無所不在。

寶哥找到了工讀生，拿起餐點簿隔空對著吧檯點餐，那真是一種難以言喻的交流，不過對方居然很快地懂了。

他將身邊行李袋拉鍊打開，取出一疊疊沉重的卷宗。那是一只附有拖輪的肩背行李袋，尺寸大的驚人。

「這些是什麼，攝影相冊？資料夾？對了，我們是為了什麼約在這裡？」

「我想讓你看一些照片，陳何。等一等，讓我先看看你，你好無精打采，才多久不見，那個充滿智慧，散發迷人光彩的兒童到哪裡去了？」

寶哥依然選擇黑色作為他行走世間的裝束。不同的是他的衣飾似乎變得非常的合身，變得沒有多餘的剪裁。雜誌的採訪結束後，我們陸續在馬芳的安排下還見過幾次面，確認稿件的校對。每一次我都有這樣的感覺，他一直嘗試再減去更多東西。墨鏡，項鍊、口袋、皮帶，甚至有一次我注意到，他連手錶也不戴了。

他是否想透過削減來讓自己變得輕盈一些？我不曉得，大量沉浸在特殊偏好裡的人，似乎是這座城市的特產。我所認識的人，包括我自己，多少也有些奇怪癖好，在不斷汲取城市渣滓後變得越來越難以理解。喃喃自語，收集瓶蓋或包裝袋，只能接受和寵物睡覺。堅持它不算有害，甚至是一種保護，是除了漠然以對外，另一種抵受生活洪流的方法。

「說你的來意吧，寶哥。我有點累了。」

「你看起來真像個老人。我常說攝影師擷取的是一個人的靈魂，而不只是鏡頭下的東西。現在我的面前是一個蒼白、發抖、沒有活力的生命體。陳何，這個人到底是誰。是什麼事困擾著你？」

「說實話，我還真的被一些世俗幻影給糾纏，負擔日愈加重。但誰不是這樣呢？」

「你應該得從工作中解套了，別讓它壓垮你。看看我這趟在國外拍的照片吧，別再愁眉苦臉了。」

「你可以約在一個更恰當的時間，那時候我看起來可能會有精神的多。」

「我其實很想念你，陳何。這應該才是我回國第一件事情。我得找你出來。這聲音在我腦海盤繞不去。」

是他靠得太近，還是我的鼻子太靈敏，我不斷從他那頭聞到一種在飛機座艙內的味道。

「到了國外我還是念念不忘那一段在克隆生命與你相處的日子。我以為距離能使我專注的回到工作裡，但我弄錯了。當然還有馬芳和鮑伯，那些與你互動之人，我稱之為配角，將整個你完整的包裹起來，讓你顯得更加完整，從任何角度顯出你精巧易碎的一面。但主角還是你，你還是我窗格裡那個聚焦點。我發現我盯著你看實在太久了，那些殘影久久揮之不去、成了如影隨形的幻臆。當我行經金門大橋的舊金山港灣，看著那些緩緩推來的波浪漣漪，當我來到開普敦一處綠洲的酒店，給自己叫一杯啤酒時發現那桌上的一灘杯底水漬，甚或在航廈廁所內聽到登機廣播，在不鏽鋼捲筒衛生紙蓋的倒影上，我都看到了你。你那不太對稱的眼睛，你說話時那種掙扎與矛盾，以及一張令人過目不忘的雀斑臉。你稱這種感覺是什麼？」

「我不知道。」

「渴望。」

「渴望？」

「這是最接近的字眼。」

「我從來不知道你是這樣看我的。」我說。

「但是我到底渴望什麼呢？陳何。即便回到這裡，看見你坐在眼前，那種冀望還是沒有消失。我到底需要什麼？我缺乏什麼？這就是為什麼我得趕回來見見你，因為我一定哪裡出了問題。而答案不會是在我身上。」

窗外那隻灰狗又開始叫了。這次引起牠發狂的對象是一台閃著大燈、在停車格內警鈴大作的喜美轎車。那嗚嗚的響聲經過窗子的阻隔而變得有些奇怪。既短促又高亢，帶著一種催人暈眩的波動。那真是我們世間的聲音嗎？

我開始想起鮑伯身上那股味道原來是來自航空燃油的氣味。那種氣味我一聞過就不會忘。每當飛機起飛或降落，油氣的味道就會升到高點。使得「你能把我的餐杯收走嗎？」」，「能不能再給我一張入境表格、我勾錯性別了。」一類的對話顯得有些不合時宜。沒有人懷疑是不是漏油或者哪裡出了問題。他們專心看著報紙，試圖坐的舒服點，努力想找到耳機的插入孔。

「你們都知道，每一次拍攝『優生解碼』單元後，我還是會和那些採訪對象保持一段時間的聯絡。我總是迷上那些擁有大好未來的兒童，惦記著這些短手短腳，連生氣的樣子都是一副乾淨的，未受打擾的心靈面孔。他們有一部分進入了私人暗房，我會在那裡親手沖洗幾張相紙，就像某些電影裡演的那樣，我還真的將那些照片晾在牆壁的周圍。」

「我不知道有這種事。」

「我總是對你很坦誠。」他沉默了好一下子，「你看起來臉色蒼白，你不舒服嗎？」

「目前為止還好。」

我想了一下後回答。

「你大可放心，他們都認為我拍攝兒童的嗜好是一種安全、無害的行為。他們總是說，這是來自於一個有睡眠困擾，時常感到處於快速動眼期的人的自然反應。壓按相機上的快門鈕能讓我身感平靜，能夠在累計足夠次數後滑入第二階段的淺夢期，在那兒有很大的心靈療癒作用，充滿柔美光線與氤氳。」

「他們是誰？」

「他們是誰？沒有他們，他們是一些流言蜚語。」

寶哥點的水果摩卡咖啡來了。他吮了一口，露出疑惑的表情。

「暗房沖洗是攝影的重要元素。是這個神聖過程裡不可或缺的重要意涵。陳何，可以這麼說。我對你的思念全是在暗紅色以及暗黃色的幽暗密室內成形的。你的輪廓，我可以形容得更加仔細，小巧扁塌的鼻子、長有細毛與雀斑的雙頰，緊蹙憂鬱的雙眉，以及你那充滿水分的眼睛，你頸下那一條時常低頭造成的吊頸紋，額頭上細細的抬頭紋。你有覺得這裡的咖啡一點都不熱嗎？」

「我剛剛忘記阻止你了。」

「都是在這些顯影液、定影液中浮現出來的。你在一股濃濃的藥水味中誕生，捲曲在四乘以六英吋的濕淋淋紙張上朝我靠了過來。我將你吊在一條從牆面延伸而起的麻繩上，一張又一張以夾子串起。我得到了滿足，你的一顰一笑活生生的將我充滿。原來，我得在遠離之後，才能在這種強烈的心懷中見得你全貌，我甚至得把口罩拿掉以免呼吸不過來，當我在你身上找到這種瘋狂的感知，即便我還是不曉得究竟是為什麼。我幾乎哽咽了。」

「也許我要再點第二杯咖啡，這次要熱一點的，服務生呢？」他轉過頭，舉起手又放下來。

那隻狗呢？我倒想起那隻狗。我發現我一直在分心於牠，不由自主的尋覓牠的蹤影。那隻為聲音與狂怒主宰的動物到哪裡去了？我沿著漆畫著數字的停車格數過來，那台變電箱旁的喜美轎車正巧開走了，後頭出現一個戴著斗笠與反光背心的老人，正在與一只緊塞著垃圾的鐵箱搏鬥。

「你若是不舒服可以告訴我，我可以停止講這些事。」

「我沒有不舒服，只是感覺怪怪的。我想應該是彆扭。除了彆扭外，沒有更接近的字眼。」

「因為你很睏嗎？你想要睡一下嗎？」

「不是。」

「彆扭是屬於舒服這一邊，還是屬於不舒服的這一邊？」他問。

「我不曉得，我感覺不太出來。」

寶哥回到那幾本相冊上面，他一本翻過一本，看完就丟。那些厚如電話簿的旅行相冊以英文命名，不乏出現我所熟悉的字眼。他到底想給我看些什麼？我撿起一本，隨意翻看，停在一本命名為「SCENES」的照片集裡。它所記錄的是一些災難。我看見了冒煙的村落，哭泣的大人、散落著水泥碎片的斷垣殘壁、幾張貌似游擊隊員的持槍合照。也有連環車禍的一瞬間，引擎蓋、飛出的椅墊，各種扭曲的物品像一鍋打翻的湯充滿在相片裡。這些傷亡現場的照片沒有散焦或晃動，細節清晰可見，色澤優美，彷彿是一籃籃搭配好的水果，擺在早餐時分的桌上等人取用。我看出這些照片意在呈現死亡。以光圈，快門，交換鏡頭、濾鏡或者色塊重組這個字眼。死亡。我再重新看過一次，真是漂漂亮亮，勝過千言萬語。

「看來你這一趟去了不少地方，你真的好堅強，你是如何無動於衷的離開像這樣的現場？就在按下快門之後？」

一個面容深邃的男子倒掛在天花板上，他正從上面窺視底下一家正在觀賞電視的家庭，目露兇光。

我看著這一張對焦不清不楚的照片，不禁納悶起寶哥為何能親臨這個地方，又為何出現了許多張像這樣與死亡況味不同，帶點偷窺狂含義的照片混在這裡。

「身兼兒童雜誌與旅行攝影家？遇上或安排一些安樂生活裡見不到的景象，那是另一個動盪的第三世界。你用鏡頭將它們帶了回來。放在展場或攝影年鑑上。讓人們在花香還有合宜的距離下品味死亡。這就是你另一個身分。但是，你也許注意到了死亡的局勢正在變化，真正危險的地方已經從加薩走廊、阿富汗、敘利亞重新回到它的出發之所——客廳。也許你是對的，這些零星發生的戰鬥，完全比不上每一年因為各種事件而死於自家的人數。看看這照片，這一家子還不知道天花板上倒吊著一個兇殘的搶匪，不知道自己下一秒後會死於自己家中。」

寶哥皺著眉頭抬起臉來。

「你在說什麼？」

他問，並注意到我面前的攝影冊，接著知道我指的是這些相片。

「你說的是這些？」

「全世界最危險孤絕的場所，家。」

「你弄錯了。」他說，「那是些未上映的電影片段。我把它們集中起來，帶回編輯室想一想要下什麼標題。是打算放在好市多商場的陳列架上，作為百年賀年卡一系列的明信片。不是什麼第三世界的現場。」

吧檯後頭那個困倦的年輕人不見，不知何時已換上另一張面孔。一個穿戴著鴨舌帽子與圍裙的女孩，開始為進來點用早餐的客人作準備。咖啡機喫喫作響，金屬管柱裡噴出了蒸霧，微波爐內的托盤旋轉著昨夜的三明治，空氣中猶留著一種徹夜未眠的苦味。窗外的流光使這空間變得清澈了起來，晨曦將一盞盞燭黃色的微光掩去，燈泡成了一顆以黃色塗抹出來的圓球，靜佇在每張桌子的上頭。

「就是這幾張照片。我找到了。」

他推了幾疊照片來我面前。我拿起其中一張，發現那是一些只有幾歲大的幼兒，在一個猶如泥磚蓋起的庫房的地板上匍匐玩耍的照片。

「猜猜看這是哪裡。」寶哥壓低著聲音說。

我狐疑地接著看下去，鏡頭下的幼兒約有十來個，被包圍在一堆由混凝土、不鏽鋼、玻璃以及塑膠波浪板製成的雕塑物之中。這些不明不白，看不出用途的雕塑物配置成數種動線，排列出類似某種消失文明的殘留遺跡，屬於散落在溪谷旁的幾何石群這一類意義不明的人造物。迷宮。可以這麼說，這些幼兒頭腳相連的在裡頭爬行，他們有的乾脆坐下來，因為搞不清楚身在何地而露出難過的表情。他們太小且太矮了，連站起來都有困難。這得歸功於寶哥的鏡頭角度，我似乎能看見那些幼兒延伸出去的目光，平行且一致。他們有的落單，有的兩兩一組，一前一後，試圖想在那些反射、直角、斜彎等等失去透視感的曲道中找出生路。

我端詳幾張背景較多的照片，一道道咖啡色的木條圍籬圈住一塊長有花草的園地，上頭似乎站著許多成人，因為有幾雙大鞋子入鏡了。我仔細看著那些只有膝蓋的人所站的地方，訝然發現那不是一處花園，而是拼接起來的人造草皮。草皮插著一排仿木紋的混凝土欄杆，以及塑膠矮花所組合成的籬笆，將他們與那些幼兒隔了開來。

這到底是怎樣的一個地方？

「這是一些幾歲大的幼兒正在遊樂園玩耍的照片？」我不是那麼有把握地

說，「但引起我注意的是旁邊的人，他們是這些幼兒的父母？就像在IKEA或是家樂福的兒童遊樂區？但是這裡傳遞出的訊息更加複雜。他們與裡頭的幼兒也可能一點關係都沒有，會不會在這些景物以外，還另有一些人在遠處看著？我發現一些模糊的影子。他們是不是站在高處，在一個小房間內看著這些人在幹些什麼事？我想到了，這有點像待在克隆生命的實驗室，我站在玻璃窗外，觀察裡頭的獼猴為了天花板的香蕉而登上梯子。」

「有一些地方你與我感覺一致。」寶哥說，「但那些人不希望我發問。」

「他們不希望你發問？合理。因為花錢的客戶最大。」

接下來的照片是人物近照。兩個人端正的坐在椅子上，膝上各坐著一個幼兒。他們身穿灰黑色的麻布長袍，遮頭蓋臉的藏匿住全身，只從兩袖中伸出雙手環抱著身前的孩童。他們的手臂又白又瘦，手掌像兩只瓷碗闔疊在身前。

「好了，我終於懂了。這是一個戀童狂的聚會。看看他們從哪裡拐走這麼多幼兒逞一己之欲。金髮的、棕髮的、黑髮的，每一個國家都有。這是哪裡來的人口販子，你怎麼會捲入這種事件？」
「戀童癖？不是。這些人全是一群宗教家。他們是僧侶。」
「僧侶？」
這兩個字喚出了一塊塊昏黃的畫面，如一堆嘗試找出關係的圖片，開始鋪陳在我腦海裡。我依稀聞到了泥土與腐葉的腥味，迷霧般的森林小徑、搖搖晃晃的高爾夫球車，聽到夢境一般的呢喃，守門人，電子錶，照片裡的長袍男子都穿著慢跑鞋……。終於，畫面在氣墊鞋與夜光指針上之後完整起來，商品住的是人的靈魂，記憶開始生動，反射諸多過往，我找到這個人，這個憂鬱敏感的老成小孩。沒錯，這些照片的背景，便是賦予我稱號的那一座修道院。
「我被祕密的帶到一個場所。」寶哥接著說，「那裡頭立有一塊大方碑。花崗岩築起的巨型方碑，至少有三米高，像一堵厚牆，上頭刻滿大大小小的名字。英文名字、中文名字、德文、縮寫、變體字、日文。這真是一個詭異到不行的空間，位在許多層樓的地下。我能聽到那些湍湍流水從我頭上經過、潮濕的灰白色牆壁滲著水氣。我在那兒工作一整天，只感到全身發冷。我看著那些幼兒爬來爬去，給那些穿著斗篷的傢伙拍照。不時有一個人跑出來調整那些嬰兒的腿還有手的位置，露出長裙內白溜溜的腿。這真是我最難忘的工作經驗。這些人到底信的是什麼宗教？他們甚至不告訴我身在何地。」

他停下來把最後一口水果摩卡喝完。露出噁心的表情。

「那些嬰孩好像曉得時間到了，最後全爬進石碑後頭，陰影遮住了那塊地方。那些僧侶示意我跟著過去。我的閃光燈沒有停過，因為那裡真是烏漆嘛黑一片。一顆橢圓形的巨蛋就立在我眼前。真的是個真真正正的大蛋，我沒有看錯。那蛋有個流線型的外殼，裡頭是空心的，只留有一個小小的缺口讓嬰兒爬進去，有些又從另一頭爬出來。我在那兒待了好一會兒，漸漸看出這玩意有點像潛水用的減壓艙，或是愛斯基摩人居住的冰穴。不同的是它看來光潔無痕，只偶爾噴出陣陣煙絲。它的內部到底長什麼模樣？那些僧侶盯著現場警戒，我只好透過相機來觀察這古怪的物體，不過，我還是無法窺得內部到底長什麼樣子。在沒有允許的情況下，我企圖撫摸這玩意，想找尋那些氣體從何處而來。這點他們倒是沒阻止我，只是，這真是一種怪異的觸感，難以言喻。就像一層細緻的透明薄膜，完整的包覆這部機器，並且帶有溫度，就像它是活的一樣。我蹲下去朝門內看，那些孩兒在裡頭爬進爬出。他們會跟著鏡頭走，我敢發誓這些還不會走路的小傢伙知道我在拍攝他們。他們知道我站在那兒，小手掌拍著地板呵呵地笑，好像在較量誰能先抓住我的注意力。該怎麼形容這樣的感覺，我曉得我不能放過這樣的景象，看看這僅有的一張，他們收走了所有這個方碑前後的照片，只有這一張。他們沒注意到我偷偷將它夾帶了出來。」

他推了那張白的像曝光過度的相片過來。

「我想聽聽你的看法。」他說，「我知道你很聰明，你一定能告訴我這到底是什麼。」

我端詳著。久久不語。

「Made In China。」

「什麼？」

「Made In China。」我指著相片上緣的角落，敲了敲。

他抽了回來，一臉狐疑地看著我。

「你仔細看。有沒有？」

「在哪裡？」

他的臉幾乎要貼在照片上面。

「Made In China！」他驚呼，「真的，這機械大蛋上印了個Made In China！」

「它是中國製的。」

「它是中國製的。」他重複了我的話。

「沒有什麼不是中國製。」我說。

寶哥將相片拿近拿遠，帶著一種耐人尋味的讚嘆。

「Made In China？」

他現在的樣子有點像鬧了一個天大笑話的演員。他在自己的現實中演了一個滑稽的橋段。表情十足。

「所有東西都是中國製的。這玩意為什麼又會是例外呢？」我說。但我不確定自己意指的又是什麼。我也不打算告訴他，我和這座修道院之間的關係。因為我如今陷入的可能是一場身世謎團，比起他的中國製造之謎還要複雜。

他有沒有拍下那塊方碑？他有沒有拿起數位相機，按下快門將方碑上的名字投射在感光元件之中，解析成數百萬顆的像素顆粒。那裡頭也許有些蛛絲馬跡，將之放大無數倍，讀取光的殘留，時間的軌跡，也許能夠找到生的誕生和死的起源。那是多少萬分之一秒所拍下來的？我沒有問，那是一種可怕的猜想。閃閃發亮的光碟片，時間在光的流動中旋轉。

窗外的天色終於亮了。我們請服務生保留座位，離開這裡走到對面的便利商店，想從那裡得到一杯滾燙、冒泡、蒸氣騰騰的熱開水。

交通號誌前，一個高大的黑衣男子以及一個狀似老人的男孩站在一塊，雙手各捧著一只空杯瑟縮地在風中發抖。綠燈亮了，一頭小型柴犬慢慢的兜過我們前面，腳蹄子輕快的點在柏油馬路，不久，一個全身著灰色棉質運動衣的中年男子從後頭趕過。他起先是走的，後來怪叫一聲，抬起了腳步，又漸漸跑了起來，差一點追不上那隻狗。

走過對街，號誌轉變成了紅色，我們與這一人一狗停在紅磚道上，等著另一向的號誌燈亮起。

我和寶哥一直沒有講話。在這次見面之後也沒有再講過話，或者碰過面。這應該是個值得紀念的一天，卻是我在最後才提醒自己的事情。

那牽狗的男人蹲了下來。他長有一頭鋼刺般的短髮，一臉猙獰的橫肉，精壯的大腿間是那條緊束著項圈的小柴犬。

「叫你不要跑這麼快！跑這麼快！誰叫你可以跑這麼快！」

他痛罵這隻狗，狠狠打了狗一巴掌。站起來，深吸好幾口氣，又蹲下去給牠一掌。

車流停在斑馬線後，綠燈了，男子拖著鍊子大步邁進，我與寶哥跟在後頭，給一雙狗眼睛看著。牠不停轉過頭來，看著我們。

16

隔日的中午我拖著疲倦的身子來到公司，一進門便見到幾個熟悉的面孔圍繞在克隆生命展示牆旁的圓桌上吃著早餐。他們是鮑伯、李德、還有樓上保安部的羅傑等人。我走向他們，沿著高腳凳椅旁擺放的熱帶植物盆栽已經長有一個成人這麼高了，周身遍滿刺棘及厚葉，如同一顆巨型的鳳梨。我站在樹蔭底下，新一代嵌埋在天花板的飛利浦日光T5燈管也在裝潢後給換上了，它們以五枝為一組，在高反射鋁板燈座中發出光波，從葉間穿出足足有六〇瓦的斑駁樹影，製造出一種純粹自然的氛圍，令人恍若真置身在上午十點至十二點之間的大白天底下（這是飛利浦在包裝上強調的）。

我聆聽他們咀嚼時的含糊言語，猶如旅遊頻道在椰影下的馬爾地夫沙灘遠望海平線的熱帶幻象。模擬而出的日光是那麼祥和又朦朧，彷彿來到人間仙境。我還記得那個習慣把領子立起來穿的男主持人是這麼說的。

「觀眾朋友。我的耳道麥克風裡現在充滿南半球大氣層哄哄的美妙聲音。」

我走出樹蔭，鮑伯老早就注意到了我。

「你看來精神不錯！」鮑伯說。

「我是嗎？」我盡量撐大雙眼。

「神采奕奕，一定有什麼好事發生了。」

「什麼事也沒有。」

「什麼叫做什麼事也沒有。你可是要當我們的老闆了。陳經理。」他笑著看看其他人。

「我很抱歉，但我不曉得要說什麼。」

「你一定是。一個小孩儘管如此才華洋溢，他依然得每天算計許多事情。」

「別這麼認真。鮑伯是開玩笑的。」羅傑咬著燒餅，他是一個有每天和同事一起吃早餐習慣的男人。儘管身為保全部最高主管，他仍然成日穿著兩側都有口袋的卡其褲，說話時喜歡看著路過的每一個人，就像個修路工。要是周遭沒有人，他就會直盯著你的前額看，那是他的天性使然。

「老實說。我一點開心的感覺也沒有。」

「我也是。」鮑伯看著我說。

我看著鮑伯，請了幾天假的他，有了一口無懈可擊的貝齒。

「新的牙齒很不錯。什麼時候裝的？」我問。

「是嗎？當然是請假的那幾天。」他回答。

「笑一個看看。我剛剛只看到門牙，兩排的犬齒及臼齒呢？」羅傑說。

「你們會看到一堆白花花的鈔票。真的，面額驚人的鑲在上面。」

鮑伯咧開了嘴，作出一個大笑的樣子，轉動頭部讓我們一窺他口腔內上上下下的景象。他的舌頭及牙床上有些許蛋餅皮一類的殘留物。

「但是我還是很滿意，這個錢花得物超所值。牙齒是臉部很大的器官，占據一個要塞的位置。不管你笑、你說話、在一個陌生人的面前吃便當或法國料理，整個嘴部的表情都是那麼重要。換掉牙齒後我感覺整個人也煥然一新，我應該早幾年前就要想到。」

他看著每個人哈哈大笑。

「說看看，整個過程如何？你感覺怎麼樣？」

帶著沙啞嗓音說話的是高輝。他是個大塊頭，腰圍在四十至四十二吋之間，穿著大尺碼吊帶褲，走路有點同手同腳的跡象。當他說話時我們都得認真聽，因為裡頭總混有流動在氣管之間的嘶嘶聲響。

「你是指這三十二顆冰冷的鈦金屬塊嵌在我嘴巴裡的那頭幾天？還是指牙醫師一條接著一條抽起牙神經放在我眼前的不鏽鋼托盤上，但我因為麻醉過度而絲毫沒有痛處的茫然時刻？」

「我是指換牙的手術過程，標準程序。」高輝和我互看了一眼。

「我買的是全口腔重建，所費不貲。我原本想留下沒有遭到破壞的牙齒，但牙醫師堅持那沒有什麼好處。他問我，要是花了大筆錢後發現新舊牙齒顏色不同，或是互相排斥時該怎麼辦。我馬上就猶豫了，而且我的免疫系統一向都容易排斥異物，那是一種叫做發炎反應過度的毛病，所以最後我選擇了全部打掉。」

「當時你的狀況怎麼樣，我是說。那些變形金剛文具組幾乎被你咬碎了。」我問。

其實我想問的是那些ABS硬塑膠，為何沒有擊垮他當時的意志力，又為何他非得吞下那些異物不可？

人們最近似乎越來越喜歡將身邊的東西往體內塞。遙控器、碎玻璃、塑膠鴨子或是石棉瓦。這種人在每個國家的新聞軼事內都看的到。他們不約而同的往身上有洞的地方鑽，幾乎快成為一種運動，而幾年前他們只敢放在嘴裡嘗一嘗而已。

「一片狼藉，牙醫師們需要一片平坦的牙床來構築地基，就像得把房子拆除乾淨才能興建大樓一樣。」鮑伯接著說，「口腔重建占據整個手術大部分時間，而且必須分次進行。他們使用各種工具拔掉了其餘牙齒，看看X光片，找到神經並抽掉神經，打下釘子，再看看X光片。我猜他們是在確認剛剛自己做得對不對。整個過程十分難以想像，但是，那最難熬的幾個晚上我還是監督完兩個女兒的功課，等著我老婆入睡後才咬著止血棉花上床。有個夜裡我夢到在紅色的熱帶海洋泅泳，小丑魚在我身邊經過，鼻腔裡充滿血腥味。而我的家人沒正眼看過我一眼，也沒發現我臉上的傷口。這一切我都選擇不據實以告。到現在她們還不曉得自己老爸的一口牙是如何壞的。」

「不據實以告。為什麼？」我問。

「很多困難，很多難以啟齒之事，男子漢既然一開始就隱瞞了，為何不乾脆隱瞞到最後？如果這是對的，一個男人就應該堅持到所有人都遺忘這件事為止。」

「坦承說出來如何？會不會從頭到尾只是你一廂情願？你的家人對這事毫無所悉，看來是她們根本沒發現你受了傷。但是，這對結果而言又有什麼不同？疼痛並不會有改變。」高輝問。

「你說到了重點，你們自己捫心自問？別人曾經了解過你嗎，你們應該都有過分享痛楚的經驗，你們最清楚下場。」

鮑伯堅定的環視所有人，提出質疑，每個人都噤口不語。

他的發音及咬字越來越接近他尚未受傷前那個時期的水準了。

「別人能否透視你，眷看你，實實在在走入你心坎裡一個角落，自己動手倒一杯咖啡，靜靜的來到你身旁聽你傾訴？而且將手機關機，切換成震動模式，將他寶貴的時間留給眼前這個嘮叨的人？別人能不能比你還要了解你自己，在你因為連話都講不清楚而厭惡自己以前？」

「你說的別人是否也包括自己的親人！？」羅傑的樣子像是剛從一場夢裡驚醒過來。

「即便是親人。」

鮑伯沉默的點頭，從唇間透露出這幾個扁平的字。

「他們也不能。」

「連你自己都搞不清楚自己，你這一秒為何流下眼淚，因為電視裡一則老套的廣告擊中你的心。房地產、休旅車、人壽保險，他們都針對你的弱點而來，設計一連串讓你毫無招架之力的橋段。」

「沒錯。」高輝點了點頭，以嘶啞地聲腔說，「幾個月前馬自達M系列休旅車廣告使用路易士・阿姆斯壯的 What a Wonderful World 當作配樂，我一聽到前奏就不行了。那廣告從頭到尾是一個男人開著馬自達輪流接送著自己的老婆、丈人、還有狗。它想說的東西是如此俗濫，以至於我一想起就臉紅，但又不能否認，它比我身邊所有事物都還要能攻入我心房。」

鮑伯微笑的看著這些人自發性的回憶起那些事情，圍繞在他身邊，好像他是一群小學生們的老師。

他的笑容越發的具有可親性了。除了眼角旁的結痂以及腫脹的雙唇可能還會跟著他一段時間外，他已經一掃晉升酒會時的陰霾，渾身充滿了自信。

「又或者被書報架前那些色情雜誌給吸引，並分作兩次至三次的循環，走到一旁假裝翻閱其他書籍一會兒，又回來色情雜誌上的那一頁。你的慾望衝動來的突然又強烈，就和你的感性一樣來的莫名。他們產自同一個發源地，你的情感中樞，而且模模糊糊想起那可能來自一款奶瓶加熱洗淨器的功能說明書，那些碗碟形的玻璃瓶口總是與乳房有那麼一點點關係，讓你們興奮起來。我敢說你們沒有那樣經驗，我有。」

「我也有。」過了一會兒後有人緩緩的舉手。

「杏仁核呢？」李德說，「我對這個腦部元件很感興趣，就和情感中樞一樣，那些浸泡在血漿裡的海綿似乎就是控制我們情緒感知的始作俑者。我時常在夜深人靜時，因為自己尿液帶血這件事心灰意冷，連續失眠。我的內臟受傷了，想到這一點我就全身發抖到無法說話，但是我的杏仁核卻無動於衷，只對HBO電影台一系列的災難片有反應。它覺得那些大製作電影死板乏味，卻又欲罷不能的看下去。槍傷、野獸撕裂傷、火山巨石掩埋、爆炸、車禍、被外星人陰謀所啟動的海嘯及地震。它的所喜所惡總讓我捉摸不透。」

這個早餐談話已經進入到另一個境界，許多人目光不離，但拿起塑膠杯，窸窸窣窣的以吸管抽取底部剩餘的奶茶或是豆漿一類的殘餘。

「很好，還有很多例子，簡直不勝枚舉。」

鮑伯很滿意，說話中氣十足且發音標準。

「別說出來，將它們吞下去。將這些無法言喻的怪毛病深埋在心裡。因為家人的困擾就是你的困擾。一旦你忍不住傾洩而出，弄得滿地都是，他們不會怪你，他們不會責罵你打亂他們的生活步調，睡眠、明早的第一節早自習、敷面膜的時間或者是晚間七點的瑜珈課。但表情已將一切答案寫在臉上。人對表情的感知是如此敏感，僅是一牽動便知了真假。」

「但她們最後還是陪你去了醫院，還讓你花上鉅資重作一副漂亮的牙齒。我算過那得要好幾十萬。」高輝問。

鮑伯有點局促，沉默許久後終於說道。

「是的。很怪不是嗎？即便知道如此，事實也是如此，被她們緊簇的目光包圍，被她們那種過大的動作攙扶，置身在另有目的的噓寒問暖裡。我還是感到幸福。多不爭氣啊。那種感覺是那麼強烈，直透我的心靈深處。彷彿我的身體不堪寂寞地袒露出了實話——我是一個貨真價實，渴求安慰的可憐蟲。我那大女兒就曾在我最失意時這樣安慰過我。好了，打起精神來，別這樣鑽牛角尖，明天你還得去工作呢。」

「她拍了拍我我肩膀，鼓勵我趕快去睡覺，在已經過了十一點的我家客廳裡。她並不忌諱她的小男友還坐在另一頭的沙發上，依然留給她可憐兮兮的老爸一點甜言蜜語。我由衷記著這種複雜的感受，秀慧是家裡最了解我的人，她總是願意多留一點時間給我。我一步步拖著腳步走回臥房，躺在呼呼大睡的妻子旁邊，在黑暗中想著她還那麼小的時候那段時光。那是我來克隆生命時的頭一年，簡直遭遇到所有最卑鄙的事情，嘗盡人前人後的冷暖，處在工作的最低潮。我猶記得那幾個晚飯後的夜裡，我強迫自己在麗容、秀慧與秀慈面前傾訴出來，就像在她們面前試著嘔吐。老實說，我無法理解那種感覺為何如此的好，我漸漸能體會那些在警匪港片中痛陳自己罪行的犯人的快感是來自哪裡。我感到說出一切後那種掏空的解脫，並交雜著羞恥，我永遠搞不清楚自己這一點矛盾來自於哪裡。」

鮑伯的臉變得又紅又白，他不曉得他也正在傾吐。我有預感他即將脫胎換骨，人在揭露自己的所有後，會來到大無畏的狀態裡。因為這樣的一個時機，在高反射日光燈的照耀下，他即將變成一只內外通透的容器。

「你們知道嗎？」鮑伯說。冷靜的倚在牆上，如一件洗過的白襯衫。

「她們三個其實都很討厭哭哭啼啼的我。」

他的眼神直穿過我們直達後頭的牆。遲來的櫃檯人員打開了電視，啟動保全的錄像系統，掛在牆上的大螢幕從我們這裡來看是一覽無遺。天花板上的攝影機開始徐徐擺動，分隔成了數個區塊。我們接著出現在畫面裡，一張高腳凳圓桌，幾個圍繞著彼此的大男人，一個仰頭聆聽他們說話的小孩，全數入鏡。你看我，我看你，全是黑白色的。

17

連日來的陰沉天氣，使得路上的行人開始出現困擾的神情。雨絲若有似無，人們從傘下探出頭，如同一種彩色的螺殼生物，感知著世界的變化。這是我們曾經歷過的天氣嗎？雲層滾滾流動，大氣偶爾在稀薄處明亮起來，卻只那麼一下子後又下起雨，城市像進入了黑夜。我看見一個男人，久久凝望天空後取下眼鏡，他在發呆，似乎不解鏡片為何濕了。後頭的車子擦身而過後急停，搖下窗後出現一張人的臉。這張臉說，你站在路中間是想找死嗎？那眼鏡男連說兩聲抱歉，舉起傘三兩步蹬回人行道裡。一人一車離開了，雨落在地面，越來越大，唏哩哩的，開始有了聲音。

我站在幼稚園大門外，從鋼板製的向日葵以及風車欄杆之間東張西望，等著嬌嬌放學出來。今天是週三，所有幼兒還有小學班只上半天課。但我來早了，只能在附近一塊鐵皮屋簷下暫時待著，一旁的空調室外機颯颯地在運轉，熱氣逼人，一個皮鞋打濕成墨色的男人也在此避雨。他拆開了一件便利雨衣，東翻西找的不知道開口在哪。

牆後起起落落的是小朋友的嬉鬧聲，牆面則貼有許多黃紙，雨水將它們打濕成一塊，字跡難辨的寫著各種招生廣告。菁英美術營，特聘年輕藝術家，一對一培養小寶貝的獨特美感，即日開課。奧林匹克幼兒資優專業，專營全腦開發，獨創課程……。

雨水流進我的眼皮還有口罩。我是屬於不喜歡撐傘的那一種人。我隱約聞到一種帶著氯氣、組織氨等等充滿日常周遭的消毒水氣味，只是味道更加強烈，更加刺鼻，好像從我的體內流出來的一樣，但我覺得到了此時也已不需大驚小怪。

說實在，我還真沒見過這小孩本人。嬌嬌，在馬芳家裡的那些照片全是那小女孩從前的模樣。她媽媽給我另畫了一張圖以免到時候認不出她來。也只有她能在辦公室做這些與工作不相干之事。圖畫裡的小女孩在她母親的認知裡原來是這樣：一雙細長的眼睛，以一個圓圈代表的鼻子，長短不一的牙齒細節，血盆大嘴。

窄長的臉部一半以上是頭髮，兩束衝天式的髮辮，與身體連結的部分是一筆筆零亂的線條，下面的身體塗抹過多次，由一開始的紅色換為橘色，最後又以黑色斑點描出一件倒三角形的洋裝。看來她根本搞混了自己的小孩在腦海裡的感覺。我看了好一會兒，敢打包票說沒有這樣的一種生物存在。

這樣想來，除了不得已的場合，這些天來我已很少走出戶外，更別說出遠門了。晉升的消息加上鮑伯事件引起的風波，使得太多人注意到我，儘管沒有鬧大，但已明顯的影響了我的生活。我的活動範圍越縮越小，也感覺越來越安全。在公司裡，除非有人找我，否則我會躲在那塊小小的辦公隔間內，一言不發。回到家後我打開電視，一整個晚上關在訊息與事件的聆聽之中。這沒有什麼不好，深居簡出能透析煩惱的本質，認清在障礙及無能底下的自己究竟是什麼人。每個人都應有過這麼一段放逐自我的日子。

為什麼我會答應馬芳出門，還獨自來到一個我完全陌生的地方？只有一個答案是可能的，就是我的煩惱不是那些因爭名逐利而來的壓力及蜚語。那只是假象，掩護著底下更深層的東西：恐懼。這是來得更毫無來由的謎語，是我幾天沉澱下來的總結。我怕什麼？那是什麼形狀？電視機裡沒有答案，廣播裡也沒有，網路和報紙裡更是空空如也。我無法回答，為何我一口就答應了馬芳，而且還非常樂意日後不妨當個兼職保母，必要時接送她這個獨生女，甚至答應看著她，以免這女人不能去上每星期二次的彼拉提斯課。如同許多人需要一個理由出發一樣，為了恐懼出發就是我的理由。出發是一種接近目的地的方式，不管對不對，我得從家門走出來才能邁向恐懼深處，謎底就在那兒，是它為我打造了這一條路。

幼稚園是兩排連棟而立的矮房，屋頂是老舊的黑色瓦片。雨天下，濕漉漉的黑瓦片給人一種沉重之感。連排對外的木窗外，銀色的鐵絲固定著的灰色塑膠水管，從牆上導引著瓦簷滴落的流水而下。外推的陽臺擺著冷氣外機，白色管線蜿蜒盤附在牆，和灰色的水管組成一幅屬於這建築的彩畫。立體又繞折的歲月軌跡。

同樣的，在矮房前的小廣場上，鋪有黑色塑膠墊的遊戲區，也立著供玩耍用的巨大塑膠管，其餘還有鞦韆、搖椅、以及其他色彩奪目的遊樂設施，顏色和周圍種有的花圃互相呼應。而此時，我注意到就在花圃的籬笆裡頭，有個身穿圍裙和黑色雨鞋的女人，正提著一只水壺注灑著底下花苗。

我的注意力轉移到在這個在雨天澆花的女人身上。她彎著身，臉上沾著雨滴和泥巴，尤其是鼻子下方更是一團黑黝黝的。她起身正好望向這裡，也許發現一個小孩居然站在如此冷的雨天裡，放下水壺，以一種迷糊的樣子跨過籬笆，朝我這裡跑了過來。

「小朋友。」她彎了下來，在鐵門內問，「你在這裡做什麼？」

「請問一下。」我說。

「我知道了，你沒有去上學對不對？」她說，「這是個臭天氣，老師也不喜歡。」

她噘著嘴比起一隻手指，聲音好像在鼻竇內卡住了，說話的樣子有點矯揉造作。

「但你為什麼會穿這麼奇怪的衣服呢？」
她歪起頭，擦擦臉，泥巴還是在她鼻子下。
「我要找大嘴鳥小班的嬌嬌。」我客氣地問，「請問妳認識嗎？不好意思，妳們這單位什麼時候才下課？」
我將那張塗著嬌嬌模樣的紙片遞了出去。
「唉呀，好可愛啊。」她笑了起來。「這是你畫的嗎？我當然知道嬌嬌啊。我可是大嘴鳥的級任老師喔。」
她打開了門讓我進去，低身時，我發現她鼻下的那部位，那塊黑色的汙漬不是泥巴。而是鬍子。我曉得內分泌失常會導致賀爾蒙增減劇烈。這是個常見的例子，這女的就像我在公司裡見到的某些自願受測者一樣，都長有比平常人還多的鬍鬚，淡黑色的細鬚，又長又密。
「你把嬌嬌畫得好像啊。」她驚訝地看著我，「你是她的哥哥對不對？」
「不是。」我說，「如果可以的話，能不能讓我進去避一下雨。」

「你好可愛，你幾歲了？讀幾年級呢？」
「我不是。這麼說吧，我年紀很大了。請妳告訴我嬌嬌什麼時候下課，或是我等會兒再來？」
「不可以這樣和老師開玩笑喔！」她站了起來牽住我。「你這大小孩，說話比手畫腳的。不行喔，知道嗎？」
「快進來吧，再等下去你就要感冒了。你妹妹等一下就下課啦。」
她拉著我的袖子，不顧我的解釋走進屋裡。我跟不太上她的步伐，又難為情的說不出口，我沿路看起來是不是這個樣子，像個沒買到玩具的小孩般被拖著走。
我經過幾個又矮又小的教室，一群五、六歲大的小孩擠到窗戶邊嬉笑打鬧。
「他在哭欸。」
一個戴著牙套的小孩指著我說。
轉了幾個彎，她帶著我來到一間職員辦公室，將我擺在椅子上。

「先坐一下吧，你這淘氣鬼。」

「嘿。我已經不是小孩子！」我說，「妳有看過像我這麼說話的小孩嗎？」

「是是。你長大了。來，自己把濕衣服脫掉好不好？」

「不需要。喂。妳在幹嘛？」她伸手過來拉我的衣服。

不可以！我在心裡驚呼。我的貼身衣物，也就是褲子底下的褲子，是一件鵝黃色的兒童型內褲。

她讓我覺得她是個不超過二十五歲的黃毛丫頭，也許是剛從南部某個鄉下護校畢業的年輕女孩。她的口吻有種直率到接近輕挑的淳樸，那是一種思想上的缺陷，說明了她是無法在社會中產階層擔任要角的人物。我不曉得如何回答，在這樣一種奇怪且令人尷尬的場合。我想，如果失去了文件，沒有了名片上的經歷或診斷書上的病例，我該怎麼去說明我的狀況，適當的介紹自己才對。我最後一次是怎麼成功辦到的？還是我該撥一通電話回公司，找人來替我解釋我到底是誰？

我一絲不掛，除了身上一件印有彼飛兔的S號兒童內褲以外。

「我是哈密瓜姊姊。」

「拜託。」

「我是哈密瓜姊姊。叫姊姊才乖喔。」她摸摸我的頭。

「隨便了。」

我的反應引來一干人的輕笑。那是一群胖嘟嘟的人。他們坐在各自的桌旁，在公文夾、保溫杯以及古董的CRT螢幕後頭看著我們。他們的眼神溫和，笑聲渾厚，像一群被集體呵癢的人。這些人個個圓潤潤的，男人穿著Polo衫以及牛仔褲，女人則穿很厚的平底鞋；各自的桌上都有手工製的筆筒，還有貼在螢幕旁以色紙摺起的賀卡。

他們也是以水果命名自己的老師嗎？

哈密瓜姊姊眨了眨眼，用一條大海灘巾把我裹的像一條簑衣蟲，上上下下擦乾我的頭髮，又給我換上一套衣服，帶我走了出來。我們經過一間喚作「爸爸媽媽」的展覽教室，經過了「蒙特梭利學齡前英語教室」，密閉的木門裡傳出幾句帶著印度口音的中年男子聲音。經過「我們的地球」時，我好奇地向內望，許多張矮桌並排在教室中央，展示著孩子們的泥巴球創作。有圓形的、條紋橢圓形、甚至還有方形，或乾脆以數十顆極小的泥巴堆黏成泥巴粒。也許這才是我們所住的地球，是真正須彌世界的樣貌。我被拉的跌跌撞撞，抬頭一看，已經來到「大嘴鳥」教室裡頭來了。

「小朋友，大家圍到老師這邊來。」

數十個穿著水藍色圍兜，手攬著安撫毛毯的小孩充滿在這空間裡。他們有的在寫著數字的聚酯胺方塊墊上攀爬，有的正在啃咬散落一地的掉線童書，還有幾個看來全像彼此認識的親戚般的小孩，在塑膠餐盤上攪拌著一塊成為漿糊的餅乾。他們一聽見這女人的聲音，由幾個小孩奔跑領頭，如一群鯉魚般從各角落集中過來。

「大家，我們有一個新的小朋友要加入我們午睡後的，活力寶寶健康操活動喔！大家開不開心。」
「開心！」
「我們要和他做好朋友喔，請新的小朋友告訴我們他叫什麼名字好不好！」
「好！」
哈密瓜姊姊斜著臉盯著我看。不只她，底下這些小孩全靜下來等著我，好奇著這種有趣的暫停之後究竟有什麼好玩東西。而我躊躇猶豫，口袋裡沒有證件、沒有手機，身穿有痱子粉味道的棉質運動T恤，裡頭光溜溜的只穿一條內褲。一個四十三歲的中年人站在這裡，面對著一堆小孩子。
「他的臉好紅，羞羞臉！」過了好久後底下有個小孩在尖叫。
「他沒有名字！」一些不耐煩的小孩又準備四散開來了，回去他們的棲息地。
「我的名字叫做陳何！」我精神抖擻的大喊。
「大家跟陳何打招呼。要有精神好不好喔！」
「好！」

「小朋友們知道陳何是誰的哥哥嗎？」

「不知道！」

「陳何是嬌嬌的哥哥喔。嬌嬌妳在哪裡？舉小手手給老師。」

一個頂著齊眉瀏海的黑髮小孩舉起了手。她緊抿著嘴，淡紅色的臉頰上有著一雙黑丸似的眼睛，小心翼翼的看著我。

「陳何，快過去和妹妹坐在一起，我們要開始跳舞了喔。」

我穿過那些或趴在地上，或疊在同伴身上的兒童，如走過一條充滿醉漢的街道來到嬌嬌身邊，牽起她不比我大上多少的纖細手臂。

「你是誰？」這小女孩噘著嘴問，有點兒發抖。

問得好。我在心裡對自己說。我也不曉得我是誰。最好能有個明理且了解孩童心理的專家出現在這兒，告訴所有人答案。

「現在起我是妳哥哥。」我說。

「我沒有哥哥。」

「妳現在有了。」

「哥哥？」

「沒錯。」

「那嬌嬌是妹妹嗎？」

「當然。」

「我不相信。」

「妳媽媽叫我來接妳。為什麼妳今天上的是全天課？我在門口等了老半天。」

她的反應比她媽媽所形容的，還要像個小大人。她一言不發地丟開我的手，瞪了我一眼，跑進了小孩子堆裡。在那一群散發著奶粉味的小孩中，我走進去，把嬌嬌抓了出來。

「我看起來像壞人嗎？」

她點了點頭，抓著裙子。

「這樣呢？」

她搖了搖頭，否定了我親切誠摯的表情。

那一下子我有點後悔堅持不帶著電話出門，否則我可以請馬芳來解釋清楚我到底是誰。她為何不前一天先交待好她女兒呢？這難纏的地方使我的不自在達到高點。我打算再過十分鐘後看情況掉頭走人。

「我們家的電話是幾號？」過了好一會兒後，她咕噥地問。

「二五六一四七七八。」

「我媽媽在哪裡上班？」

「在東南亞工業園區。克隆生命市場研究部。」

「我幾歲？」

「四歲又七個月。」

她狐疑地想著下一個問題，好像問題就在天花板上一樣，她目不轉睛的看著。嘟著嘴。

「我媽媽叫什麼名字？」

「妳媽媽叫做馬芳。但是別問妳爸爸，因為連妳媽也從沒和我提過。」

我嘆了一口氣。

「我真的是來接妳回家的。」

我遞出她媽媽的塗鴉畫作給她。

「妳媽媽出門了，去上她的瑜珈課。要很晚才會回來。我騙妳要做什麼呢？」

好一個給城市訓練長大的小孩，她看了看圖，又看了看我，仍然和我保持至少三步的距離。

在哈密瓜姊姊調整教室那兩臺電視的同時。我重新評估現在的狀況。第一，現在這裡沒有人當我是大人，但我仍然保有優勢。我是這個大嘴鳥小班裡身材最高，擁有智慧以及圓融的處事態度之人。再來，我還有一個經理的頭銜，看過不少大風大浪。最後，等這奇怪的場面一結束，我就帶著這小女孩回去，明天上班再好好念馬芳一頓。

「最後一個問題。」她想了一想後說，「我有幾個爸爸？」

「三個。」

「答錯。」

「一個？」

「我只有一個爸爸。」

「對。」我說，「妳只有一個爸爸。其他都是叔叔。」

「是混蛋。不是叔叔。」

「混蛋？誰教妳這麼說的。」

「媽媽就是這麼叫的，媽媽也叫自己瘋婆子。她說，只有我這種瘋婆子才會心甘情願跟著那些混蛋。」

我哈哈大笑，她也笑了，並且分享了她口袋裡的餅乾，我不吃都不行。她終於放心讓我給牽著。這小女孩的瀏海笨重地幾乎蓋住她整個額頭，儘管如此，一種親切感還是從那張小臉中散發出來。她擁有著馬芳些許的輪廓，倔強的薄嘴唇還有菱角般的鼻子。馬芳說過她是個敏感的孩子，心思細微。我懂她的意思，體貼的小孩一向不需要媽媽太過的操心。

我們在角落裡玩著字卡遊戲，我竟也忘了自己剛剛還想要離開了。這間教室也許不大，但對這些小孩來說就是一個世界，所有在世界適用的法則在此也是通用的。我看見一對男孩為了爭奪一匹塑膠馬而動怒。他們尖叫，說著些令人感到驚悚的髒話，以小小的拳頭揍著對方的身體。嬌嬌握著我，和我望著這一幕，困惑的表情裡有著些擔憂。她也許過幾年會了解到這副愚蠢可怕的景象其實就是生存的一種樣貌，以後不過是各種老酒新瓶的改變。早熟的孩子是幸也是不幸，因為太早曉得這世界並不如書本裡所繪的是一個小小園地。我希望她是個健忘且無知的人，因為短短相處之後我已喜歡上這個小孩，然而我相信這種疑惑是天生的能力，且將不幸的跟隨她一輩子。

這是個何其不能理解的世界。

馬芳不可能不知道這些事情，她這個女人就是這樣一步步老過來的。她知道，不能因為她女兒小小的心靈願望，這世界就能存在溫柔的一天。即便認清這件事後才有快樂的可能，她還是得依照自己的意志，在身體內慢慢長大，一眼一念的觀看這末世前的世界。

「哥哥。」

「嗯？」

「從前你去了哪裡？為什麼你從沒和我，和媽媽一起住？」

「我住在外面。」

「外面？」她歪著頭想了一下，「你不想回家嗎？」

「是誰都想回家。我這不就回來了嗎？」

「不會再離開了嗎？」

這小孩不好打發，滿腦子問題。她還在等著我回答，一臉古靈精怪。

電視機的音樂開始了，她開心一笑，臉上有一點淺淺的梨窩，那模樣又是得自她哪一個父親呢？

「哥哥，我們來跳舞！快點。」

她開始了一蹦一跳的舞步，短手短腳的跳了開來。隨著電視節目裡頭播放的童歌，嬌嬌跟著節奏繞著圈子。而我則是站在原地給她打拍子。

那電視裡一邊播放著兒童舞蹈節目，一邊以小型的子畫面播放著新聞事件。跑馬燈式的文字報導，在螢幕底下一行接著一行穿馳而過。提醒著我們除了收看兒童節目，也不要忘記世界正在發生的事。

畫面中央出現了一座舞臺，布幕後登場了一名人物，他大搖大擺走進來，頭戴海盜的斜長帽，右手套著以棉布縫製的鉤子，一躍而上他所說的船首甲板，一只寫著壞蛋號紙牌的梯子，叉腰大笑。

每二十五秒一班的列車緊追在後，跨年夜的運輸地鐵是否會重演去年的追撞災難？東印加島白色人猿將在獲我國特許之護照後即將於元旦當天入境與各黨政要參加升旗典禮！有東方瑪麗蓮夢露之稱的林姓女優疑似自殺身亡本台握有獨家第一手報導！禽流感恐再來？耶誕節前後二萬餘隻病死火雞流入市面！

一群有著特大號腳掌的動物布偶們一個接一個出現了，將賊頭賊腦的海盜船長漸漸包圍起來。他們是人扮的，卻裝作不太會走路的樣子，步伐笨重的接連出列，最後留出一個能讓攝影機取景的空隙。

黏著黑色假鬍的獨眼船長，眼見大勢不妙，臉色淒慘的正在發抖。

「你犯了什麼錯你自己說說！」

狐猴敲了一下船長，雉雞也推了一把船長。他現在雙手趴在地上，屈膝下跪。

「我是你們的朋友啊！」

「不，你不是，你是可愛島的敵人！」

兔女郎踢了他一腳，這男人倒地一圈滾到兩公尺外，眾人又趕緊跟了上去。

這個來自文明國度的男人，被各種動物所孤立，因為他是個惹人厭的角色，死不足為惜。他犯下了欺騙，陰謀化這個善良海島的罪刑。他偷挖蜂蜜，破壞水獺叔叔的家，他痛恨秩序及道德，想把那些樂觀開朗，與他陰險落魄個性相違背的居民們一個個消滅。海盜船長無從選擇，可愛島需要這樣一個反派角色，他沒有第二條路可以走，只好繼續更卑微的哀求。

其他布偶站成一排，憤憤難平，表情十足的笑臉裡面是一具具汗涔涔的肉體。「他是個超級大壞蛋，已經說謊太多次了，我們不可以相信他。」狐猴大喊，揮著軟膠玩具槌追著船長在舞臺上跑來跑去。

德黑蘭武裝分子在2：02分劫持美國波音七四〇一班飛往檀香山班機！德黑蘭武裝分子在2：02分劫持美國波音七四〇一班飛往檀香山班機！被控節目裡亂爆料，綜藝小天后氣炸淚灑攝影棚？金正日的分身出現在新宿街頭？是鬧劇或是東京與平壤當局即將交好？

海盜船長孤軍奮戰，如一頭困獸與眾人搏鬥。他揮舞以精鐵打造能令對手肚破腸流的鐵鉤，在暴風雨颳來的可愛島海岸且戰且逃。壞蛋號擱淺的岸上屍橫遍野，倒下的動物們或趴或躺，但全將臉蛋朝向攝影機的位置。雷聲閃電鏗鏘作響，攝影棚天花板的電風扇吹著鋁箔雷射碎片。狐猴、浣熊、雉雞、還有穿著絲襪的兔女郎等布偶們，終於將船長逼至絕路，一處天險似的大懸崖邊，以五花形的肉蹄手掌、大大的蹼以及充氣棒槌將這個可惡、無藥可救的人類就地正法。

斬首預告！2：21分武裝分子將處決以色列籍副機長晚間新聞請鎖定最新畫面。斬首預告！2：21分武裝分子將處決以色列籍副機長晚間新聞請鎖定最新畫面！零度寒流來襲各地恐破歷來低溫南部可望降雪！白色人猿入境又添變數？東印加加碼索求六千臺ipad電腦好讓小朋友忘記國寶人猿即將離開他們的消息。百年一次的樂透彩將創世界新高的七十六億元累積獎金？

最後，節目舞臺上所有人都躍了起來。復活了。叮叮咚咚的節奏歡快地響起，鼓聲與響板齊奏，孩子們因為這個如魔笛似的旋律而開始尖叫。死去的動物和船長遺忘了生前的仇恨，肩勾著肩，背搭著背，跳起了以上半身及腰部組合起來的舞蹈。他們的舞步就是左右踏步，逐漸綻開一個大型的交叉圓圈，又退回縮小，又接著綻開，繞著舞臺不停旋轉，如同一種原始的失傳祭儀。

18

今天是克隆生命的消防安全日，所有人都得到防災科學中心上一整天的觀摩訓練課。我與鮑伯在站牌旁等著馬芳，那一路往城郊的公車還有一會兒就來。數字面板上頭顯示著，離九九號班車還有九九九分鐘。我們只當它是壞了。接著又等了一會兒，便看見一個熟悉的身影朝我們這方向走近，身旁還牽著一個小女孩。

「妳怎麼帶了嬌嬌出來？」我有些詫異，站在我們面前的是嬌嬌沒錯。

「叔叔好。」

她轉頭過來看著我。

「哥哥好。」

「托兒園的人通知今天起得暫時關閉，地球環境教室的東牆垮了一半，他們在碎石塊中發現了厚紙板與沙拉油空桶的碎片，他們懷疑教室的柱子裡全是這些東西，隨時都可能繼續倒塌。」

馬芳看來有些疲倦，兩顆眼睛又紅又腫。

「有這麼嚴重？」我問。

恰好在昨晚，我們便遭遇了一次真實的災難。那是晚上十點多鐘，在城市的近海發生一個六點二級的地震，長達三分多鐘，所有人都能感覺到明顯的晃動，大小地震在這個處於斷裂層的城市屢見不鮮，但這確實是今年來最強的一次。

「我才剛從托兒園走來跟你們會合。」馬芳說，「不少人還待在門口不走，那些家長們不敢相信他們又得把小孩子帶回家。雙方爭執不下，他們的口氣聽起來好像那小孩都不是自己的責任。」

「付錢的人有資格說話。」鮑伯說。

「也有採取低姿態的。一個年輕的媽媽，哀戚地苦纏住一位老師。她說，這孩子能幫上一點忙，撿撿石塊也行，通融一下好嗎？我的工作實在不能請假。建邦能自己換床單、找掉到床底下的玩具，而且很早就會自己大小便。是不是，建邦？」

「她搖著那個叫建邦的小孩。他大概只比嬌嬌大一個年級，五官長的很開，有一點唐氏症兒的傾向。她繼續想說服對方，同時想將建邦塞進門的另一邊。」

「結果呢？」

「那個小孩打了她媽媽肚子一拳，口齒不清地咕噥些什麼。跑走了。」

「跑走了？」

「一堆人追著他跑。」

「這個叫建邦的有點毛病。」

「媽媽，我知道建邦喔。」嬌嬌說，「老師會讓建邦來大嘴鳥班上玩，我會分餅乾給他吃。」

馬芳摸摸她，看著我。微笑裡有一些無可奈何。

「這種地震影響不了太多人。」鮑伯說，「陽臺的花盆倒了，超市的工讀生忙著將罐頭重新上架，連續劇被插播新聞打斷，這根本不是災難，頂多是一種意外，比每天因酒醉駕駛死去的人還要少。說到這個，你們最喜歡的災難電影是什麼形式？我先說我的，我心目中最完美的場景是先來個大地震，就像不久前的日本一樣，接著再來個海嘯與核災害，最後加上能源危機，天然加上人為的推波助瀾，讓全世界也跟著捲入災難的漩渦裡。我敢和你們打賭，幾年後一定有人會將它拍成電影，重新召喚那無可比擬的大混亂。」

「你們今天怎麼來的？」

鮑伯問得突然，馬芳賞了他一個白眼，只有嬌嬌舉手說話。

「坐捷運。」

「很好，我也是。你們在捷運上看到什麼？我先說我的，我在擁擠的人群中被擠到門旁，被幾個魁梧硬朗的老人暗示我該讓座，而我身旁的女人正繞過我在看別人手上的報紙。人們眼中的漠然一貫如昔，絲毫不見地震有何影響，所有人還是平凡老百姓，依然過著無動於衷的生活。我先說這是我的假設，不是我的立場，這個小島國家必須降臨更大的天然災害才有救，只有毀滅性的破壞足以改變我們的生活。各國的救難大隊、電視台記者、軍隊，教宗的祝福會蜂擁而至，我們的街道和臉孔會出現在美國人家中的電視機裡。停電、停止上班上課、輪流供應飲水。災難將替我們一成不變的生活重新洗牌，這是一種獲得新生的方式。」

我聽著鮑伯滔滔不絕的言論，想起這種偏激的言詞其實並不陌生，它時常出現在電視裡的各種談話節目，是我們賴以為繼的一種夢幻聲音。我們豎耳聆聽，彷彿那些極端的憤恨是出自自己的口，依此獲得重新回到生活的發洩，如同一顆熄滅引信的炸彈。

「若是這地震再大一些的話，也許就能停班停課，我也不需要去什麼防災訓練了。」馬芳嘆了一口氣說，「我就可以回家小睡一下。」

「於是妳就把她帶來了？」鮑伯說，「我還真的走到哪裡都擺脫不了這些小孩子。」

他不知為何的看了我一眼。

「你自己也有小孩，別裝作你不是從那些把屎把尿的過程中走過來的。」

馬芳彎下腰理了理嬌嬌的帽子，給了鮑伯一個冷淡的眼神。

「還是從小你就懂得玩那些模型手槍？嗯，就像個初中生一樣，喝醉酒摔壞了自己的腦袋？」

「不是在這裡。」鮑伯吹著口哨，「千萬別在這裡，我可不想和妳吵架，有小孩子在。」

這個只有四歲半的小女孩從帽沿中看著我。她的敏感思量已經察覺到氣氛的改變。她認為她這個不回家的哥哥與她心靈相通，想從眼神裡分攤些憂慮給我。我想告訴她，這裡所說的小孩只有一個，就是妳而不是我。

馬芳讓嬌嬌牽著我，將她的手搭在我的手上頭。

「馬芳。」我看著她。

「別這樣嘛。只有這一天。好嗎？陳何，幫我看好她。她已經會走會跑了，我老是看不住她。」

「我當然願意了。」我笑著看了一下這小不點，「對不對？」

「我不會亂跑的。」嬌嬌開心的說，「因為媽媽和哥哥都在。」

「我曉得了。」鮑伯說，「我知道我們這一群人站在這裡到底像什麼。」

「什麼像什麼？」馬芳問。

鮑伯大笑。

「兩個大人，兩個小孩，站在時刻表壞掉的公車站前，這是不是像極了準備出遊的一家子？」

公車出現了，戴著墨鏡的司機坐在大窗內的駕駛座上，緩緩駛近站牌。車體上有一幅巨大廣告，一個眼神銳利，穿著白袍的光頭男手指著我們，一行粗體字印在他的嘴邊。他說，肥胖，平胸，痔瘡，憂鬱，一次療程，全部治好！

前後的車門同時打開了，我們杵在原地，不確定該從哪一頭上車才對。

車上十分安靜，除非仔細聆聽，才會留意到有一點嘶嘶聲響在腳下。過了一會兒，鮑伯才提醒我們這是一台瓦斯動力公車。它移動平順，像一艘航行在馬路的船，沒有一點黑煙。可惜的是幾年前的自燃事件後，數量大為耗損，能夠運行的已所餘不多，要在路上遇見就更難了。我們能搭上這台傳言中的運輸工具，不知該說是幸還是不幸。

離開尖峰路段，車子走在貫穿大半個城市的排水東路，往城郊方向緩緩駛去。窗外漸漸是蕭瑟荒涼的景色，路面上的黃線時而交會，時而與車輛平行前進，偶爾又消失在一處沒有道路的交通柵欄前。

瓦斯聲嘶嘶作響，我盯著臉戴墨鏡的司機，心想要是他一有什麼不對勁，我可以馬上有所反應。

陌生的道路兩旁，處處可見到麥克筆塗鴉。它們出現在陸橋下的水泥石墩、三三兩兩的大型電箱，也出現在分隔島的號誌牌上。一路盡是這種黑色筆跡組成的嗔怒與夢囈。這條又寬又長的臨著城市的疏洪道，堤防上連綿著油漆繪成的山川水景。鉛白的湖泊，蔥綠木林，大色塊的山谷或是湧出銀色泡沫的海濱。這些不知名的地景後頭一概是藍天，濃郁且深邃。我只在某一年的天空見識過如此的色調，那是一個強烈颱風臨來的前日，它在接下來的幾天內癱瘓了城市，那時的天空也是如此夢幻般的藍色，甚至更加漂亮，更加無可名狀。

堤防上有一個瘋人，披頭散髮的衝向一群野鴿子，一下子消逝在車外的風景裡。鴿群趕過我們，吹到了半空中，帶過斑斑的影子，散了開來。

馬芳斜著頭睡在玻璃窗上，不時地敲出悶響。而鮑伯坐到幾排外的靠邊座位去。他雖然不說，但我曉得他正因為麗容母女回國的日子逼近而煩惱。他似乎已習慣那種短暫的單身漢生活，而想要持續下去。而一旁的這個小女孩，與我熟悉以後話就說個沒完。她似乎覺得我有求必答，沿路拿出了一籮筐的問題來考我。

「那個人是誰？」她歪著頭問。

「誰？」

「最前面那個，坐第一個位子的人。」

「前面沒有坐任何人。」我望了一眼那些空蕩的一排排座椅。

「有啊。就是坐在我們上來的地方，那個男生為什麼不來後面，只坐在門口？他喜歡那裡嗎？」

「那是司機，他得坐在那裡開車，只要有我們在，他哪裡都不能去，開車是他的工作啊。」

「那他喜歡開車嗎？」

我聳了聳肩。

「喜不喜歡？」

「我猜他不喜歡也得喜歡。因為他若沒工作就慘了。」

我拍了拍嬌嬌，希望她趕快睡覺，不要接著叫我解釋工作是什麼。

「哦。」

嬌嬌彎著頭，對著她圍兜上的口袋說話。

「他是司機。司機雖然開著車，但是他哪裡都不能去，只能坐在那裡。懂了嗎？」

我看著嬌嬌，想起她媽媽曾講起她這個行為裡的奇特想像。這女孩在她身前的口袋裡收養了一對老人。他們體型迷你，十分貧窮，連衣服都沒得穿，非常想要知道外頭長什麼樣子。從沒人見過他們，她小心呵護著這兩個老傢伙，因此改掉了趴著睡的習慣，就怕把這兩個小人兒給壓死。

車內有其他乘客，他們斷斷續續在說話，破碎又零散的單詞，聽不清楚。紅色尖槌固定在後車門旁，玻璃窗貼有一紅點，告訴人們要瞄準此點擊破才有逃生的機會。置物鐵架上散落著各種遺留物，有報紙、紙箱以及長短不一的雨傘。一張破爛發黃的酒精濃度測試記錄表貼在雜物堆後面，我才想起這個城市以前曾嚴厲的取締酒後駕車，荷槍實彈的警察盤據了夜晚，街道格外有種戒嚴國家的氣氛。

細語及呢喃仍持續著，卻是越來越小，可以說得靠著想像才有辦法組成一個句子。但我曉得那全有關於昨晚的地震，車內的電台正預測下一次的天搖地動什麼時候會到，司機扭大了音量，他感到收音機接下來說什麼很重要。

很有可能是在百年元旦前後，也可能就在下一秒，但他們還不確定，語帶保留。因為城市南處的一條荒廢的自來水道，在昨晚的地震後冒出了源源不絕的熱水。地質學家已經趕到那兒。最新的消息是，熱水裡含有的礦物質含量以及鹽分的比例相當接近。他們還沒有辦法解釋這到底意味著什麼。

來到一處新市鎮後，站牌變多了，公車走走停停的極為緩慢。我們雖已加緊腳步，但來到防災科學中心時卻還是遲了。空曠的大廳裡已不見任何同事們的影子。馬芳想找人問個清楚，嬌嬌想上廁所，我和鮑伯則是意見一致地提議不如打道回府算了。

正當我們討論著下一步時，一個戴了大把鑰匙與識別證的人及時出現，他戴著一副厚的嚇人的眼鏡，表示已等候多時了，寒暄一下後，他便催著我們隨他走。他似乎是個超級大近視，走路有些跌跌撞撞，我們跟得緊，上了樓，來到一扇紅色的大門前，他示意我們安靜，輕輕的往內推出半個人的縫隙，身子伸到裡頭打量著。

他除了戴著一副厚眼鏡外，也有一點暴牙，身上帶有淡淡的口水味。他蹲了下來，從上衣的口袋抽出一枝會發光的筆，往裡頭照著。

為什麼我們不能以正常的樣子開門走進去呢？

我看著這個屁股正對著我們的傢伙，他穿著黃色絲質長褲配上慢跑鞋，露出不知是襪子還是皮膚的腳踝，腰際的皮帶磨損嚴重，邊緣已翻出一層細細的毛。

我們不知為何也跟著蹲下來，湊近了臉，感到那一端瀰漫而出的是一股悶熱空氣。鮑伯似乎對這種行為不以為意，蹲在一旁，甚至四肢著地，鬼鬼祟祟地以為自己是個在戰場上的情報兵。而嬌嬌則是選擇站得遠遠的，撫著肚前的口袋，一臉為我們的行為感到憂心的模樣。

「節目才開始沒多久，你們自己在裡頭找位置吧。」

「裡頭在播放什麼？」

「火場的災難與逃生。」

「能不進去嗎？」我問。

他又推開了門一些，在游動的微光之中，在幽黑裡，一張張熟悉卻又叫不出來名字的臉孔也正看著門縫外的我們。我躊躇不前，依稀不明的燈光打在地上，照出一條看不到底的小路。

「進去吧，就沿著有光線的地方去找位子，不需害怕，別打擾到其他人就好。」

「你到底是誰？」

「別浪費時間，等一下我們還會再見面的。」

這個人兩塊鏡片上全是白色的反光，令人弄不懂他到底在看哪裡。

「我沒有害怕啊。」嬌嬌說。

「為什麼會有小孩在這裡？」他皺起了眉，嘴巴咂咂了兩下，飄出一股口水沾到衣服的味道。

正當我們其中一個人要回答時，他已輕輕把我們推進去，從外頭把門給關上了。

我牽著嬌嬌，而鮑伯與馬芳走在前面，我們一路摸著黑，低身依循眼裡的餘光前進，不時踩到塑膠杯或陌生人的腳。幸好，一個及時的大爆炸出現在銀幕上，熊熊火光充滿整個空間，我們加快腳步，總算找到位子坐妥。爆炸後的火焰還在燃燒著，一棟半毀的廠房正從外往內倒塌，濃密的黑煙中濆濺出綠火，渾厚的火焰透過音響效果在四面八方迴盪，而我還搞不清楚發生了什麼事。

漆黑逐漸返還我的視力，環顧四周，這原來是一個有百來座位的小型放映廳。我認出了幾張給陰晴火光照得發亮的臉孔，都是些不同樓層的同事們。他們身上覆滿變化莫測的色塊，或者托腮，或者雙手抱胸，或搓摸著鼻子，沉浸在全然感官的火焰裡，不知在思考些什麼。

影片繼續在漆黑的光影中播放著。這是一部關於火場逃生與用電安全的宣導影片，以一幕幕場景帶出了故事。接在甲烷工廠的化學火災後，一處民宅裡的廚房飄出了濃煙，油鍋起火了，手忙腳亂的女人加助了火勢，床上的男人睡得不省人事，而底下電暖爐的插頭開始冒出火光，裹著濕棉被的男人想要出去，卻被房門的喇叭鎖燙到，逃生梯外的雜物阻隔了去路。看到這裡，我發現到這些死於疏忽與大意的演員都是同一人，彷彿輪迴轉生後還得不到教訓，不斷地死在今生的某一個地點或時間。我難以不去聯想，它是否在傳達一個弦外之音，是否我們的死亡若是注定，那麼它不僅躲不過，而且還會成為一種負面教材，為那些還活著的人們上一堂課，用已抵押我們草率了結的生命？

我開始發現自己有些不舒服，一身汗在脖子後頭又黏又濕。我學著和其他人一樣調整座姿，翹腿、將手擱在扶手上，盡量深吸吐氣，發現這有一些作用。我轉身，發現嬌嬌這女娃睡著了，於是幫她把身上那件小外套給蓋上。她媽媽從座位的另一邊看著我。

「這影片有沒有哪裡不太對？」我靠了過去，悄聲的問鮑伯。

「這是一只教育性影片。」他說。

「他想告訴我們什麼？」

「去想像災難也許沒有這麼複雜。」鮑伯換了一條腿翹腳。全牙重建過後的他，常會說出一些大道理出來嚇到我們。那種自然散發出的自信是他以前的好幾倍。

「比如說那些有夠陽春的布景和僵硬的演員吧，千萬別嫌棄它們的拙劣，因為它們正是一種象徵展示，目的只是在幾分鐘後燒掉而結束任務。它要告訴我們的是火災的基本元素，無論是何人何地何物，火焰會將它們均等，降為同一種物質，不管它們生前是什麼。一臺燒焦的電視機和一座只剩骨架的衣櫥已經沒有什麼不同。在突來的死亡威脅面前，正當性並不存在，一個消防員最後死於一場大火，聽到這種事情，你不會覺得這不可能。」

一個給狂風吹的蓬頭亂髮的女人站在陽臺上，鏡頭正特寫著她的臉。神情拘謹臉色蒼白。她正沿著繩索從外陽臺攀爬下來，似乎有人在鏡頭外指示她的動作。她在空中朝著我們招手。

避免狀況C：不正確的使用緊急逃生梯。

最後我們曉得這女人摔死了。她接著出現在另一個平行人生裡，飾演一位身穿居家睡衣的婦人。她打開燈走進廚房，迷迷糊糊的將一只鐵盆放進微波爐裡，按鈕離開。微波爐不久後爆炸燃燒，男主人在床上抽菸，她渾然不覺的躺進被子，兩人含糊地說了幾句話後很快睡著了。二十分鐘後他們置身於熊熊火海之中。

周圍開始有人不滿。

「我們有可能這麼笨嗎？」

「太假了。」有人搖了搖頭，在漆黑的影院說，「這太無聊了。」

我贊同，因為這城市的火災新聞已經養壞了許多人的胃口。我還記得過去的那一年，那琳瑯滿目如同連續劇花絮的火場片段。穿著內衣的女人倒栽蔥的被消防員拉進雲梯車裡，露出髒兮兮的腳丫子。抱著保險櫃從焦黑的窗子中跌破出來，玻璃像雨點一樣落向空中的男人。我還看過一個爬上頂樓的傢伙，要求先救他屋裡的貓。他的聲帶可能嗆傷了，新聞在夜間重播時替他配上了字幕。

「先救我的貓！」他安撫向他咆哮的消防員，冷靜地揮動著只剩半條袖子的手臂想控制住情勢。從雲梯車上來的人從他身邊拉著水龍而過，他半邊的頭髮已經完全燒焦，直升機在上空盤旋著拍下這幕畫面，簡直比電影還精彩，甚至直到現在，都還不斷有人提起過這經典一幕。

我走出放映廳來到廁所，鏡子裡的這個人沒什麼異樣，除了臉上雀斑如紅疹般多了起來以外。我再沖洗了一次臉，仰起頭時覺得眼冒金星，彷彿那些蹦跳的火渣滓跟著來到我眼裡。我暫無回座的打算，來到走廊上歇息，扶在一扇上下對開的大窗戶邊緣。我看見防災科學中心兩棟長菱形大樓的一部分，以及正下方一座圓環形的建築物，大展示廳便位居於此，我們稍早前就是從那兒走進來的。這三棟建築並矗而立，像互疊的積木，面對著一個大停車廣場。我舉目，眺望這一片遠離喧囂的城郊景色，台北金融摩天大樓在視野的西向，我難得見到它的另一面，此處見不到河流，只有層疊的山巒綠野，樓群散布其間，明亮的天空下，如音符線般的電塔線異常地清楚。

百年過後我會不會就死了呢？

這個數字越來越像個為我而設的關卡。每當想到，那普天同慶的巨大煙火就是我命喪的槍響，劇烈的心跳便接踵而至，快要呼吸不過來。我已數天將手機關著，不與人聯絡，反正，除了上班以外，是沒有人會和一個小孩子有所來往的。但是我想，那背後的原因，不過是我越來越無法無視那不絕傳來的簡訊罷了。

他們到底是誰？為何能決定我的命運？

我能找誰解釋，找誰幫忙？而又不會被當作是一個小毛頭的促狹妄想？

我在穿堂上來回地走，屢次經過放映廳的大門，等待影片聲音的結束，回過神來，看見停車廣場上有團體正在合影，我走近窗邊觀察，遠遠地看著這一群花花綠綠的人。約數十來個，排成三或四列，或挽手或搭肩，融洽地形成緊密的隊伍。端持相機的人在前頭，不時探出頭指揮來指揮去，遲遲不滿意。一輛小巴士正要倒車出來，差點撞上這個傢伙，一夥人全呵呵地笑。

放映廳裡的鴉雀無聲又持續一會兒過去後，我又多待了半晌，才推開門走了進去。裡頭已是燈火通明，方才在脖子掛上一堆鑰匙、戴著厚鏡片的男人現在正站在銀幕前說話。我來到馬芳旁邊坐下，她看了我一眼，遮著嘴又打了一個無比深沉的哈欠。

我問她，前頭這個人剛剛說了些什麼。

「他叫葛藍仕，是這間中心的資深主任，但是他請我們叫他費博就可以了。這綽號有博學多聞的意思，因為在面對自然或人為災害上，他有勝於常人的經驗。」馬芳伸了一個懶腰後繼續說，「這是他自己取的。在親身經歷一次次風災、火災、地震以後，頒給自己一座實至名歸的獎杯。」

「難怪他能成為主任，但是一個人可能經過那麼多次的災難嗎？」

「你進來時他恰好說到這裡。這個人解釋，災難總是受他吸引而來，全是有針對性的。我有點忘記他怎麼說的了。他舉例，他出國旅行，每到一地必有天災人禍。夏天住在海邊會遇到颱風，冬天則是暴風雪，機場老是淹水無法起降，他以為自己和出國這件事犯沖，乾脆躲了起來，沒想到光是在自己家，也曾因為電線走火而上報好幾次。」

「那是不是只能說他比其他人倒楣？」我問。

「也能說他比其他人幸運吧，居然能躲過一場場劫難而不死。也難怪他能站在那裡侃侃而談，因為人們都喜歡聽奇蹟重生的故事，喜歡的程度還會隨著年齡增長，你看，克隆生命這一群難搞的人，居然會乖乖的坐著聽那傢伙回憶如何從被雪淹埋的車子裡頭逃生的往事？」馬芳停了一會兒，語帶懷疑地問道，「信仰是不是就是從一次次地聆聽開始的？當傳聞成為傳說，主角是否即成為了神？對於宗教我一竅不通，但是起碼也聽過幾個領袖人物，譬如說耶穌好了，我以一個女人家的角度來看，耶穌和費博這個人實在很類似，只是耶穌更加倒楣，也更加頑強罷了。祂一再歷劫歸來，甚至死而復活，留下供人瞻仰的奇聞軼事。如同你們男人喜歡看特技魔術，從緊纏的鏈條或燃燒的箱子中逃生，喜歡結夥攀登懸崖峭壁，瘋狂崇拜一些身心殘缺的人士。從事這類型工作的女性極少，因為說實在話那在我看來覺得很蠢，簡直自找罪受。但我曉得那愚蠢的背後，有一種神聖的意義對你們而言是崇高的，我必須說我還是不懂這意義的本質為何，但是費博告訴了我其中一個答案。所有的宗教領袖尤其全是男人，無一例外的從一個倒楣無比的狀況中出發，穩紮穩打的成就了自己的事業。」

王大明與同學來到 KTV 裡，為了自身安全，進入陌生場所的他應該先了解什麼？

一、注意包廂外的避難逃生方向。

二、逐一檢查安全門、逃生梯位置，是否未關閉、是否未上鎖。

三、查看消防栓、緩降機、救助袋等各項滅火、避難器具所在位置，並且牢記。

「所以他正在給我們上課？」我問馬芳。

「簡單又有用的技巧。全都是他與災難經年累月相處後的結晶，能幫助自己又幫助別人。」

「我居然錯過了。那麼，妳有什麼收穫可以分享？」

「只是有了一些概念，但是得大難當頭時才會曉得有沒有用。」

「但是生活裡突來的威脅對你們來說又少了一些了。」我說，「譬如我，對我的威脅相對就比你們高。因為費博可能說了真正有益的救命偏方，而我就因為去廁所洗了一把臉而錯過了。也許我以後真的會遇到超級大麻煩，命運像小說故事般地捉弄人，我故意講得一派輕鬆，以為意外就不會找上我，但往往這樣想的人都是事與願違。妳怎麼看這種巧合？」

王大明的衣物著火了，他最好如何處置？

一、脫下或就地臥倒，以雙手覆蓋臉部並翻滾壓熄火焰。

二、跳入離最近的水池浴盆，將火熄滅。

三、什麼事都不用做，以免燙傷範圍變大。

四、冷靜撥打一一九求救。

「如果你真的想知道。」馬芳說，「我寧願他告訴我的是從衰老裡逃脫的方法，在瓦斯爆炸和倒下的電桿下逃出一劫又能怎樣？拜託，拿年輕來和我交換吧！我寧願死在一張姣好的面貌下，死在窈窕豐滿的身材之中，讓男人捧著我的手哭泣，也不願看著自己在八十歲的凋零之中苟活。長壽與衰敗是把兩面刃。別人死了你還活著，但卻活在一件肉囊袋裡，越來越老，人見人討厭，有什麼用？我要的不多，就年輕個十歲，不，十五歲吧！回到我那張緊繃光滑的臉蛋。生活裡的真正威脅是漸漸滲透而來的醜陋，而不是災難或者意外。陳何。你不太能懂這些事，但我要請你相信，那才是真正困住我們的東西。」

她看了一下嬌嬌，她還正安睡著。

「你有注意到嗎？坐在附近的幾個女孩子，她們一來到外頭便打扮得多漂亮啊。男人們全魂不守舍的看著她們，眼神和銀幕上的火一樣地旺盛。尤其是那些剛來克隆生命的新鮮面孔，十七樓的王瑞雪，業務部賈富琳，十五樓那老是穿細肩帶短裙的總機董莎莎，她們不知自己蘊含豐富的可怕資源。年輕。就是這個字眼使她們稍稍化個妝就如魔法般產生可怕的效果，走起路來兼容著野性與天真，恰如其分。連我一個女人都能感到那滿到多出來的青春氣味。我得拚命靠著呼吸，瑜珈、吃攪碎的水果泥才能彌補這個落差。但你猜怎麼著。除了血脂肪與體重越來越低外，我的眼袋及法令紋依然聞風不動的待在原處。」

她拍了拍自己微凸的小腹，拉了拉她襯衫的下襬來蓋住，但那衣角馬上縮了回去。

「只要能活下來凡事都有機會。」我說，「妳其實還很年輕，四十五歲算不了什麼。人生觀會因為災厄通過身體來洗滌舊思想。那些從大地震中被搶救出來的人，全都擁有了很棒的新生活概念。當然不是說我們得往大災難一頭撞去才行。年華老去是每個人都會經歷的階段，當然中間還混有數不清的人生難題，要全列出來一項項解決是很困難的。」

我想盡一個上司的責任去開導她，舉例與教誨，改變她的想法。實際上卻心虛得很。

「得了吧。」她看了我大概有一分鐘這麼久，看的我幾乎要低下了頭。

「你就當成在聽一個單親媽媽發牢騷吧。一個只有幾歲大的女兒，一堆男人留給我的陳年爛帳，一張越來越走下坡的臉孔。往好處想狀況也就這麼幾樣，其實沒這麼多難題。」

銀幕上的投影片還在繼續，一張接著一張，從高吊在後方的投影機裡投射出來。光束銳利異常，割開了我們頭頂上黑漆漆的空間，如一道深且長的銀白切口。無數的細塵光粒在切口中泅游，發散、徘徊前進，如同一種寄生在光波裡的微生物，正要緩慢地遷徙到彼端去。

費博咳起嗽來，胸前的鑰匙叮噹作響。他咳得有點嚴重，似乎很癢很不舒服。他深吸一口氣，然後咳得不可遏止，一張臉成了豬肝色。他咳出來還好，若忍住不發，接下來的猛然一咳便會嚇到我們。他被迫中斷了演講，放映廳裡全是這痙攣活動的聲音。浮游在光束裡的影像又熱又燙，他會不會是對投影機過敏呢？

我注意到銀幕右側掛有塊大圓鐘，指針每走四分鐘就會再次引發費博的不適，他摀住嘴，像一把靠近麥克風的樂器，以拉扯喉嚨來演唱。這漸漸是一種前兆，他邊講邊走，恰好走在光幕前，接收著那投射而來的能量，每當如此，我便預料又會在喇叭中聽見那種激烈的顫動。

文字及圖像因為通過他而碎裂了。他融入到投影片之中，與影像合為了一體，造出了身後之影。粗糙的黑暗粒子密不可分的在裡頭活動著。

想想看，困在火場已無處逃生的你，下一步還能做些什麼？

一、盡可能找到易獲救處。如靠近馬路的窗口，陽臺，或者離樓梯較近的房間。

二、利用沾濕毛巾、床單、衣服阻止房間內的濃煙滲入，爭取時間。

三、設法以手機或任何通訊設備，告知消防單位你受困的位置。或以顯眼衣物，燈光於窗口呼救。

離開放映廳，走到戶外穿堂時，外頭正刮著大風，天空一片陰霾。費博領在前頭，我們一行人沿著外牆走在壁燈下，腳下是鄰人稀疏的影子。風吹得我們低下了頭。在冬季的某些日子，這樣的狂風會偶然地出現，颳上一整天，使人措手不及。頭頂劈啪作響的鋁製招牌，摩托車在跨河的橋上動彈不得，滾滾黃煙和塑膠袋集中起的垃圾氣旋在腳邊打轉，貓狗在街上失去了蹤影。我看往金融摩天大樓的方向，那多面體的構造依然佇立在遠處，在飛動的灰雲中忽隱忽現它巨大的陰影。我睜大眼睛，沒有看錯，它在這滾動的發狂的風中。似乎微微的傾斜了。

隊伍裡有一人拉高聲音在說話。

「我老公氣沖沖地站在那兒，扶著牆問，到底是誰在搖？他是不是有毛病妳說？」

經過了一扇扇由自動門組成的通道，我們走到了另一棟長菱形大樓的內部，來到一間陳列各種災難事件的紀念室。這裡占地開闊，宛若一間博物展廳，十分寬敞。天花板上的聚光燈打在壓克力展示櫃上，明暗間形成一條前進的道路。我們依序而行，觀賞著各式奇特的物品。雕像、簡報、照片、警鐘、斧頭、形狀不一的各國滅火器與警報鈴聲。一頂釘掛在牆上的頭盔由兩只杯燈照射著。是一位消防員使用過的，上頭斑痕累累，覆著一層油亮的金屬光芒。

我站在核災害後的地表景象前。欄杆後的棕紅色塑膠馬拉著一台兩輪的木料板車，板車上馱負著皮革水袋與印有輻射標誌的橢圓形鋼瓶。這匹馬壯碩且四肢修長，肌肉的紋路帶著粗獷的色澤，體型高過圍觀的成年人。這頭見證了核災害的動物，給觀眾團團包圍，舉足正在邁前。它到底想去哪兒呢？我直視它落在遠方的謙卑雙眼，感到了這種陸地動物的強壯。世界末日以後，只有動物能回到地面進行核廢料的清除，執行著重建人類文明的工作。我看著那些憂心忡忡的同事們圍著費博，認真地想要知道輻射落塵來臨時該如何應對。他們都想多了解甚至學習這種動物能夠避害的天性是什麼。

穿過每個人的腳中間，我發現那塑料馬的腿上有一排凹陷的小字。我蹲下去看，那上面寫著，草原馬B式。明珠景觀造景股份有限公司承製。

我來到殉職消防員紀念區。那是一座高約三十公分，寬約四呎的舞臺。舞臺不深，上頭站著四尊姿勢各異的蠟像，它們由左至右，每個人都是銀色，有的彎腰，有的舉手，有的正雙手垂地，持著一把電鋸面對著舞臺前的人們。這些等身人高的蠟像，穿著款式不一的消防員制服，除了常見的橘紅外，也有淡青色以及黑色，一身的全副武裝。我一邊了解他們生前的事蹟，一邊觀賞他們身上閃亮沉重的配件。它們有些焦黑了，有些經過了打磨拋亮，也有些看起來是重製的。它們是主人翁生前的配件，是沒有隨著入土而去的陪葬品，如同櫥窗內的首飾一樣展示在燈光下，說明了這些蠟像的本尊是如假包換，曾經如你我一般的活人。

左手邊數來第一位，穿著白黃相間套裝的蠟像人偶，是七年前赫莉風災時，第一位搶進首長聯合官邸的人。我讀著壓克力板上有關他最後一天的生命記錄。此人為了保護市長，奮力砸開窗戶進入外賓辦公室，卻沒想到一台巨大鋼琴正巧失去固定，迎面朝向他來，一眨眼便將他從二樓推落到一樓大堂，重達數百公斤的鋼琴隨之而來，當場壓斷他的脊椎。同袍趕來時，發現他已經一命嗚呼。

這具掉漆嚴重，兩顆眼睛也褪了色的蠟人，站在這裡該有一段時日了，儘管如此，他那驚骸的姿態依然生動不變。我從各種角度觀察，體會他那恐懼，疑惑、張大著嘴，詮釋著和死亡對上眼的表情。

死亡能夠被保存嗎？就像那些消亡於一瞬間的跨年煙火，被鏡頭給捕捉下來，裱褙在客廳裡一樣？

人來人往，漸漸走遠，我也跟上步伐離去，空蕩的舞臺前他只能留在原地，和其他三個蠟人堅守崗位。他雙手平舉，張嘴跨開馬步，似乎真有一座鋼琴正在眼前，他凝視著這龐然大物，永存於死前一刻。

「昨晚你在幹什麼？」

「你先說。」

「我衝到了房間，拉開抽屜，默念著。一秒鐘，二秒鐘、三秒鐘。我找出全副的配備，想要把自己武裝起來。但是地震結束的時候，我發現自己只穿完了左邊那隻迷彩靴。」

「你應該要更早的準備。」

「你呢？你在幹什麼？」

「收看百年金氏世界紀錄節選。」

「那是昨晚最精彩的節目，除了新聞以外。」

「那個日本人在水底下閉氣了六分多鐘。我覺得他早已有赴死的決心，這種要命的紀錄將沒人可以打破。」

「六分鐘感覺沒那麼久。但是閉氣六分鐘呢？多可怕。它會變得多漫長？」

「腦部會出現幻覺，氧氣已經燃燒殆盡，肺部像要被撕裂了。在水箱外的見證人是這麼說的。」

「前世今生的走馬燈。」

「人的一生會在死前播放出來，就像『早晨氣象』裡那些加速流動的雲還有日照一樣。」

「六分多鐘的濃縮影片。六分多鐘的人生。」

「那個傢伙是個跑龍套的喜劇演員。因為想上節目而豁出去了。表演結束後，他在送醫的擔架上還不忘做表情取悅大家。」

「喜劇人生。」

我們經過一間間災難模擬室，許多人正在裡頭進行活動。這些模擬室都是開放的，也有一位如費博這樣的工作人員站在人群前講解。他們全是意外的專家，正熟練地操作著那些災難的開關。

在輕油裂解廠大火模擬室中，人們假裝自己是消防員，使用乾粉滅火器和泡沫水柱槍，撲滅五公尺外由投影機放映在牆面的大火，越準確的命中目標，右上角所累積的分數也就越高。火聲隆隆，不時有迸裂的爆破聲響起，濕淋淋的牆壁彈濺出水花，幾個年輕的男孩子在嬉鬧，似乎覺得那火焰頑強得有些可笑。

「想不想玩看看？」鮑伯問站在我身旁的嬌嬌。她媽媽暫時地離開去找廁所。

她的小臉蛋抬起頭看著鮑伯，一臉迷惑，似乎沒有想到這是一種可以玩的遊戲。

「怎麼玩？」

「澆熄那些工人。他們身上著火了，會從各種地方出來。窗子、油槽底部、繩梯。瞄準他們，看看那個叔叔，他猜到天上還會突然掉下一具冒煙的工人。那是分數獎勵。學著和他一樣，用水柱射擊。」

「那些人不會痛嗎？」

「會，因為這是很大的火。」

「他們叫得好大聲。」

「這屬於化學火災的其中一種。」

「他們死了嗎？」

「不。」他說，「他們不會死。那是假的，我們過去排隊，要嗎？」

她看著那些掉落的人們，搖了搖頭。

「我不想玩。」

我們經過濃煙模擬室外的透明長廊，窗內是條狹而長的走道，兩端各有一道門，裡頭煙霧瀰漫，有幾個人正在裡頭。我們停了下來，站在這道如百貨公司的大櫥窗外觀看，發現他們正在地上匍匐前進，有男有女，一個接著一個。他們個個以手巾遮住鼻子，感覺很難受的樣子，循著牆邊發出的微弱光芒移動。

「怎麼還沒結束啊！？」

這是一個穿著白襯衫與西裝褲的男人的微弱吶喊。他臉頰渾圓，動作有些遲緩，混亂之中他抓住了前頭一隻穿高跟鞋的腳踝，卻給掙脫了，不巧的也順道踢破他的眼鏡。他抓著掉在嘴邊的眼鏡，僵硬地笑著，完全不知如何是好。駐足圍觀的人正在鼓譟，聽不出來是憂心還是在嘲笑。有個看似是大學生的女孩子大膽向前，貼著窗以手機拍下這一幕。

這個體驗的唯一目的是否就是讓人狼狽不堪？每個人從通道走出來後全是一副衣衫不整的模樣，眼角泛著淚，發誓再也不玩第二次了。但也許它是值得的，在死亡面前需要訓練的不是逞強，而是怯懦，難道我們面臨死亡時還能從容不迫嗎？會不會唯有承認這一點，才能感知生命的脆弱有多深，變得如動物般敏感且多疑。我看著這一扇玻璃窗內的受難者的圖像，有人掉了皮鞋，有人還死命地想接電話，還有兩三人攙扶在一起如親骨肉弟兄，這景象的寓意深沉，使我許久都說不出話來。

最後，費博領著我們來到一間樣品屋，他打開門，請我走進去看一看。有了方才的例子，我顯得疑神疑鬼，硬是要大家陪我不可。顯然覺得有趣的人比覺得可怕的人多，費博示意人數已經夠了，他像個管理遊樂設施的管理員，走過去以紅繩將門帶上。

這是一間以臥房為主的房間。靠牆的地方有一張小床，被褥隨意地丟在床面。床櫃上有相框，一團由檯燈而來的暖黃光照著影中人，兩個手抱橄欖球的老外。這和 **IKEA** 在家具區所展示的樣品屋極為相似，有些家具連廣告牌都沒撕下來。馬芳坐在書桌旁，身後的工作椅掛著一件條紋襯衫，桌上的電腦則是假的，停留在螢幕上的圖畫顯得很可笑。倒是書櫃裡的收藏還不少，我隨意抽起一兩本，了解一下房間主人的閱讀品味，而鮑伯則是和其他人在那些假門內外閒蕩，不曉得有什麼好看的。

「你的意思是陸地上的地震，也會影響生活在水底下的生物？」一個人跟在鮑伯後頭發問。我仔細一看，才發現那是穿著休閒服的羅傑。他那兩鬢銀白的兇悍髮型，配上有鬆緊帶的棉褲以後，變得有點像是退休後的中學教師。

「沒錯，海底會裂出一條板塊長縫，爬行中的海龜會掉下去。」

鮑伯轉了轉流理臺的水龍頭，彎下身在檢查裡頭的構造。

「我老婆是這麼說的，我也這樣跟小孩子講。」羅傑也跟著摸了摸水龍頭。

「我們一家人都相信寧可信其有。昨晚我和老婆還有兩個小孩全在浴室裡集合。沒有人覺得這像是開玩笑，一個接著一個蹲在浴缸裡。有水源的浴室是所有房間裡活命機率最高的地方，這是經過證實的，當土礫與鋼筋堵住了活路，排水孔裡的空氣會救上我們一命。」

「有這樣的老婆比較有保障。」一旁有個人說，「我只記得好幾年前的大地震發生時，我老婆抓住我問，我們該跑出去嗎？還有，你覺得還有沒有在搖？說實在話，我哪會知道。」

費博公布了答案，這是一間地震模擬室。它的動力是機械油壓，掩飾在木地板下，開關就在費博手裡，只要一啟動內藏在暗層裡的油壓裝置，房屋便會開始晃動，由弱轉強，櫥櫃也可能會和真的一樣倒下來。他說，為了讓這個體驗發揮到最大效益，他請我們想像這裡是自己的房間，當作是在家裡一樣自然，那麼我們就可以比較一下，昨晚所經歷的天然地震，與待會兒的機械地震，哪一種最接近我們的恐懼。

圍觀的人變多了，急促亮起的閃光燈讓我有一種好戲登場的感覺。費博人在操作室內，抬頭看了我們一眼，按下了開關，一道鐵柵欄緩緩從兩側開始閉合，將我們關在門內。

我怎麼沒發現呢？其實那門移動得很慢，我來得及放棄這種體驗，逃出這裡，只要往前走幾步就得了。

費博卻遞給迎面走來的我一頂安全帽。他以為我走向前是去提醒他這件事：這是一種具有危險性的模擬。而我們全忘了戴上頭盔來保護自己。

「快點戴上。走回原位躲好。」

費博囑咐我們快就定位，在空中比了個豎起拇指的手勢。

我才發現鮑伯也沒離開，劉敏還有馬芳也在，其餘幾個也都是我們十七樓的同事。

我手腳並用地走到鮑伯那兒，他正蹲在書桌底下，兩手握著桌腳。

「真是有夠巧，我們全都到齊了，這小房間裡沒有一個人我不認識。」我接著問。「你看見了躲在其他地方的人嗎？浴缸裡的羅傑，床底下的劉敏，他們躲得真好，好像以為地震會像捉迷藏一樣來找他們。」

「這不是巧合。」他嘴張不太開，那頭盔對他而言太小了，扣環箍出了他下巴的一圈肉。

「這是一種安排。我們老是冥冥中聚在一起。」

「你說得對，連遇難都會在一起。我能說這很奇怪嗎？因為這確實很奇怪。死亡居然會吸引氣味相投的人，這也是新聞最喜歡用的標題之一了，從大地震的瓦礫土石堆中挖出來的罹難者，全因為某種原因而巧聚在這命定之地。」

「我只知道儘管這設施我體驗過一次。我現在還是有點緊張。」

「緊張？」我看著他。

「我還以為你看不起地震。」

「我怕的是分不清楚何謂真假。你看著好了，那傢伙會從第一級慢慢往上加，這房子會越搖越劇烈，許多東西會真的掉下來，你剛剛也聽到他如何嚇唬我們了。他會說，現在是三級，然後觀察你的樣子，播放玻璃爆破的音效。接著是五級、七級，好像他是我們恐懼的主宰，而你一點辦法也沒有。他為何如此地有自信？因為你實在越來越害怕，驚恐展露無遺，而數分鐘前你依然鐵齒，堅信那些人為器械並不會真的使你致命。我必須說，根據我的經驗，那是錯的。」
「你說得很對。」
儘管我們的肢體語言以及眼神都還沒恢復到以往那種好朋友的程度，還有意無意地迴避著對方，但是一整天下來，這些與死亡打交道的遊戲與學習，卻逐漸地拉近了我們的距離，縮短我們之間的差距。
「這些櫥櫃、衣櫃、電視櫃會倒塌。」鮑伯接著說，他的腿似乎麻掉了，乾脆坐了下來，背頂著牆壁。
「但不是真的倒塌。它們會技術性的倒塌。使你感覺真的有東西要壓過來了。看一下上面，你知道天花板上的玻璃吊燈是做什麼用的嗎？我告訴你，當震度越來越大，那吊燈會左晃右晃，像是要落下來一樣。那幅瑪麗蓮夢露呢？它會在你措手不及時掉下來嚇你一跳。設計這間房間的人早就有所預謀。我們的感官被利用了。我們聽得到，也看得到，認真的去觀察你的周遭，你會發現這真是一個適合遇難的場所。那麼，我到底害怕的是哪一個？我的哪一種感覺才是真的？是昨天那個六點二級的真實地震，還是待會兒排山倒海來的機械動力？如果只有一次活命的機會，我該使自己記住哪一種搖晃的形式？」

「記住假的。」我建議他，「因為真實已不存在。我們製造與設計這個世界的模樣，儲存電波與光波，孵育一個人從出生到老，人們靠著標籤來選擇鋁箔包果汁與止痛藥，上網祈禱和收發郵件，或者和電話裡的陌生人談戀愛。你還不懂嗎？鮑伯，甚至我們意識到的死都是人造的。」

我如是說著，口袋裡的手機又傳來一封震動的簡訊，似乎在回應我所說的話。覺得我說的有道理？

那麼，放過我吧。去找下一個活該死去的人。

誰都可以。

此時。我發現屋子裡的牆壁居然也開了一道對外的窗。一道十分常見，束著方格窗簾布的外窗。那窗不大，卻可依稀看見些許山巒輪廓，棉絮似的殘雲乘風掠過，浮現出一棟閃動著細微紅點的高樓。

台北金融摩天大樓。我沒有看錯。就是那棟塔形的建築物，它就聳立在窗外，挺拔著劍指天空，一閃一閃的航空警示燈在那尖枒頂端，閃爍著鮮紅如血的光芒。

搖晃開始了。喀拉作響。很輕的搖晃。我選擇來到床邊，沒有什麼理由，只是因為這裡是最接近窗戶的地方。

我想把它瞧仔細，但前提是我得穩當的站好。現在已從左右搖擺漸漸變為上下的躍動，我把焦點盯在摩天大樓上頭，好像要在風雨中朝它飛去。

時間呢？金融摩天大樓上的時間看板跑哪裡去了？我想知道這一場地震會經歷多久。時間的感受總與人相願違，在困境時痛苦難熬，而歡樂卻轉瞬流逝。我們蹲在各地，落腳在各種滑動的家具旁，透過縫隙四目相對，依然堅持著笑容。臉色蒼白的馬芳蹲在衣櫃旁，那衣櫃的四隻腳牢牢的釘住了牆壁。劉敏也想待在衣櫃旁，但是連站起來都有問題，踉蹌幾步後還是又伏地爬回床底。砸落的相框引來了驚呼，我看見拱起背抵著牆的鮑伯，他頭上的藍色的安全帽使得這一切開始有了點瘋狂派對的味道。

而地震越來越大了。櫃上的書一本本落下來，在我眼前的地板跳動，似乎在暗示裡頭藏有可躲避此劫的字句。緊靠的櫥櫃互相碰撞，嘎吱作響，吊燈盪得如一尊舞蹈的木偶，光線忽明忽暗，發出焦灼的氣息。

鮑伯和他的堡壘左晃右晃，他緊緊捉住其中一隻桌腳，保持身體平衡。我被迫晃到靠在他身邊，壓到了他一隻腳，覺得很過意不去。但是鮑伯也拿它沒辦法，因為只要其中一個人移動身子，這張桌子也許便會傾倒。

我們兩人現在是個命運共同體。我扶正頭盔，看見衣櫥裡的馬芳毫無血色的臉，接著在柵欄的門口外頭，我發現了嬌嬌。她站在人堆裡，正看著我們。她抓著自己的小裙子，著急的樣子流露無遺。她的憂愁讓我覺得於心不忍，那是一種悲憫，是一種找不到言詞替代，卻又真實無比的情緒。

19

我和爸爸人在鮑伯家，就在他老婆以及兩個女兒，又選在跨年前夕一起出國的這一個星期裡，他在電話中邀請我們務必到他家坐坐。為了與他重修舊日情誼，我找不到理由推辭。

我們坐在一張六人座的牛皮沙發上看電視。二個鐘頭前，鮑伯帶領我們參觀了他的大房子，回到客廳時，他堅持爸爸得從輪椅上離開，坐在沙發上。因為他沒辦法解釋這頂沙發的牛皮紋理是多麼的棒，一定得親身體會才行。爸爸行動不便，面有難色的拒絕，鮑伯走了過來，一把將他抱起，放到了沙發上，輕鬆的解決這個問題。

爸爸斜倚在旁，埋在許多靠墊之中，雙腿平躺著。出門前他沒換衣服，穿的還是昨晚那件白藍色的菱格紋睡褲。輪椅空蕩蕩的，顯得有些奇怪。我想起在醫院裡，在社區的復健中心，或偶爾在家裡的時候，爸爸和這張鐵灰色的椅子都是形影不離的，我早已忘記他們分開來看是怎樣的感覺了。

我找了條毯子將他的腿蓋上。

遙控器在頻道之間游移，播送著實況新聞、濃妝豔抹的古裝人物、以及如市場分析圖表般的太陽星系。慈濟大愛台即將選在跨年夜這天，直播上人在西非的布吉納法索說法的實況。外景隊已在城郊搭了一頂大型的戶外帳篷，陸續已有民眾趕來圍觀，他們黑壓壓的臉龐藏不住雀躍，因為參加完法會後，每位和上人結了緣的人，都能得到餐盒與紀念品。包括一張打坐時方便使用的蓆製蒲團，佛珠，英文版的上人語錄與海報。

「我鼓勵她們去冰島玩，一起出發，由我出錢，玩到跨年後再回來。」鮑伯坐在一張單人的寬把藤椅上，盯著我選擇的電視節目看，這無形讓手持遙控器的我有點壓力。

「飛一趟歐洲可要花上不少錢。」我說。

「在公司裡我是個不得志的肉品研究員，在家裡則是個生活在夾縫裡的隱形角色，自從秀慧與秀慈上國中以後，在這個家我從沒有感覺如此自在過。如果花錢能夠買到真正的快樂，我為何不這麼做呢？」

「若你這麼想要獨處。」我問他，「為何你不自己出國算了，到真正人生地不熟的地方旅行，就你一個人？」

「很簡單，我是個沒辦法離家過夜的人。享受暫時的單身漢生活雖好，但無止盡的失眠幾乎也要了我的命。有幾次出差，我從家裡帶了枕頭、睡衣、毯子，全副武裝，告訴自己一定睡得著，卻只堅持了五分鐘，然後我輾轉反側，胡思亂想地走在永夜的國度裡，簡直快要瘋了。」

「你不擔心……她們去冰島有可能回不來？！」在一段比節目還好看的廣告結束後，我忽然想起這件事。

「為什麼回不來？」他好奇的看著我。

新聞節目的跑馬燈文字經過了一則麥片廣告的上頭。上面簡單描述歐洲因為火山灰蔓延而關閉數座機場的消息。

「我保證天候沒有想像中那麼糟，萬一真有那麼糟，那就多玩幾天。我是這麼和她們說的，就在那些火山才剛爆發完沒多久。錢不是問題，帶著我的信用卡去，不需擔心額度，該買什麼就買。他們還是不放心我一個人在家，總之就是覺得我的慷慨大度有問題。」

「最後她們怎麼相信你的？」

「我說我升官了，當上了資深經理。難得這還不值得大肆慶祝一番，就在新年前夕的最後幾日，送我摯愛的三個女人出國享受？」

「她們相信的是哪一種謊？」

「兩個都信。因為二十年來，我的角色向來是一位無害的丈夫與好父親。」

我點點頭，肯定他刻意隱藏遊說妻女出家門的動機。科學消防中心的觀摩結束以後，我彷彿也更加接近了這位摯友的內心世界。他偏激的價值觀，矛盾不一的說話方式，臉皮薄的好強個性，這種種如厚繭舊鞋般累積而起的頑固自我，使他無疑的絕對是個成熟的成年人，加入了廣大的成年世界，成為群眾的一分子。

儘管，我也想嘗試那境地的滋味究竟如何，但是時間似乎不再留給我什麼機會了。

這確實是一個四口家庭該有的格局。我環顧四周，四處都可見到大容量的家庭日用品。串裝衛生紙，桶裝沙拉油，一箱箱易開罐飲料和感冒糖漿。鋪著榻榻米的小房間裡除了如山高的鞋盒以外，還有多得嚇人的衛生棉，五顏六色的疊成一面牆。我瞇著眼，從我坐的地方，讀出紙箱上的一行字。

我敢發誓，從此您再也感覺不到它的存在。

鮑伯不知何時已不見蹤影。半個小時前他消失在我一轉頭之後，直到現在還沒出現。我起身走到一旁的起居室，裡頭沒有任何動靜。我相信他一定在某一個房間裡，只是我感覺不到。也許因為他平常在家時就是個默不作聲的人物。我不曉得，只是瞎猜。我喊了鮑伯一聲，爸爸嚇了一跳，目不轉睛的看著我。

我該去把他找出來嗎？

電視上播到「科學古往今來」裡的某一段，這是我每週固定收看的節目之一，一隻五歲大的馬爾濟斯，打從出生就關在一只與世隔絕的玻璃箱裡。裡頭保持永遠的明亮，二十四小時的白晝，吃喝拉撒都使用特殊的道具進行。那幾個節目班底拿著紙板正在觀察這隻動物終於重見天日時的反應，穿著白色大夫袍的他們總是讓我感到好親切。

一分一秒的正在過去，從內陽臺窗外的某個方位，我看見了台北金融摩天大樓的身影。我發現走在城裡的每一個地方都很難不看見它，但特別在這裡，它多了一份模糊的奇異之感。也許是因為那塔頂依稀有些火花的關係，火花忽明忽滅，如一種信號。半晌後，我想起這棟已有百層的高樓正在趕工加蓋，那些如針芒般的火星，也許來自某個工人手中的銲槍。他們的目標是讓它再長高一層樓，這項目標奇蹟式的超前進度，克服各種悲觀的謠言與工安事件，即將在這個月的最後一天竣工。那是一座尖塔狀的小樓，有著大膽的拼色帷幕，當巨型的工程天際吊車將那塊塗彩的玻璃安置上去，它會像極一頂派對用的帽子，終於戴在這壯偉的建築之巔，慶祝這個國家的百歲生日。

百年後，台北金融摩天大樓即將更名為台北一〇一金融摩天大樓，在跨過倒數至零的那一刻，引燃塔頂上數十噸的煙火。他們在節目上面說，我們全國人民，要有信心向阿拉伯世界挑戰。我們的火藥要雙倍，時間要雙倍、種類要雙倍，一口氣超越杜拜高塔在去年的煙火秀。我們要作五分鐘，六分鐘、八分鐘。不。我們要作二十分鐘。

當晚，一〇一金融摩天大樓會是在宇宙中燃燒二十分鐘的一根仙女棒，留下燦爛的餘暉，一如永恆的人工造景，比太空人從月球上所見到的萬里長城還要令人難忘。

我將頻道切換到爸爸喜愛的運動台。一座開放型的露天球場正在進行棒球比賽，數以萬計的人坐在環形的看臺上，在鳥瞰的遠景鏡頭中分成幾個大色塊，一大團一大團的在底下騷動著。高空中掛著白色的月球，有些坑坑洞洞，評賽員播報防禦率與打擊率的樣子像是在背誦一串超級長的單字。空氣中轟隆隆的充滿氣流之聲，旗幟在中外野的布里斯通輪胎廣告上飄盪，看臺的巨型水銀燈輝映著低空的綿亙雲朵，西下的火紅夕陽使得雲層像是要燃燒起來一樣。

「這個球員故意使自己出局。他們不應該這樣滑壘，我記憶中的滑壘並不是這樣。」

爸爸對著牆壁在講話，我起身將他扶正，好讓他總是會歪向左側的臉可以正對著我。

「應該是整個人撲向前去，還是將腿滑向前去。哪一種姿勢比較好？爸爸，他們如何在一瞬間中確定自己的選擇是對的？」

「他們把球擊出去，他們把球接進手套裡，在好大的草皮上奔跑。那裡是外野、這裡是內野，跑來跑去。」

「小白球若是滾到了地上去，就會有一半人非常洩氣，另外一半人非常高興。」

我將這種運動解釋成一種呆板的逐球遊戲，爸爸斜吊著一雙眼睨著我看。

我看不懂棒球，一會兒之後就感到無聊了，也找不到遙控器，於是站起來將電視關掉。回到沙發上時爸爸還在瞪我。我蹲了下來，捏一捏他捲縮在毯子下的雙腿。漆黑的電視播著漆黑一片的節目，節目裡頭有個老人坐在輪椅旁，僵硬地如一根被拔起的根莖植物，身旁還多了一張我既熟悉又陌生的面孔。這多像是一張我和爸爸的合照。

不知何時，我感覺到電視機前站了個人。是鮑伯。我抬頭看著他，他身穿一身迷彩軍裝，舉著一把槍。

「站起來，你這個侵入私有領地的暴民。」

「什麼？」

「老頭，還有你也是，站起來雙手抱頭站好，面對牆壁，我要檢查你們身上的違禁品。」

他踢了踢沙發，指著爸爸說。

這個頭戴盔甲，臉塗油彩，殺氣騰騰的人莫名地站在我和爸爸面前，彷若一個美國大兵。他穿著棕白兩色的迷彩服，肩上掛著內藏式麥克風的對講機，多口袋的戰術背心，右腿部還紮有槍套，露出一把短式手槍的木質槍柄。但是從他的門牙來看，他是鮑伯沒錯。他是從哪裡冒出來的？難道他消失了這麼久就是在準備這一身裝備？

爸爸喃喃自語，還沒反應過來，一雙如鳥腳般的細腿在顫抖著，嘴巴淌著口水，滴在沙發椅套上。

「別以為維安部隊不能開槍，這是正當防衛。現在，趴在地下。」

他大聲喝斥我們。那把槍附有肩帶，槍口拴著黑的發亮的防火帽。現在他正瞄準著我們。

僵持了約莫有十分鐘，當我開始懷疑自己是否該配合他的要求時，鮑伯開始捧腹大笑。

「如何，我這一身沙漠突擊隊員的裝扮，是不是嚇到你們了？」他轉身，做了幾個瞄準左右的動作。

「你把藏在公司的模型槍全帶回家裡了。」

「沒錯。徹夜的與它們相處。上油、磨亮、補充高壓瓦斯，檢查膛線內有無異物。將所有迷彩服全拿出來穿過一遍。」

「有趣嗎？」我問。

「你就儘管在心裡嘲笑吧。」鮑伯說，「當你體驗過一次生存遊戲後就不會這麼想了。我包準你會愛上這種以塑膠子彈擊倒對方的快感。別以為這只是遊戲。參賽的人裡頭可不乏教授和醫生，我們拋開成見的高度共識，使遊戲昇華為一種真正的搏命。我們的子彈擊破時會濺出人工血漿，槍管會套上沒有開鋒的刺刀。我們全當某個人真的死了，要是他陣亡在槍口下，衣服血漬斑斑的話。當這種共識的程度越來越高時，你會開始認真起來，因為對面的那些人是真的打從心底想要幹掉你。」

「模擬真實究竟有什麼樂趣？」我問，「難道在伊朗或巴基斯坦那些國家發生的戰爭，那些真的丟掉性命的人，還不夠令你感到死亡的刺激？」

「那種屠殺太快也太科技了。」鮑伯不耐煩地說，「一陣隔空的雷達砲火過後，斷垣殘壁，人和人不需見面就結束了一場戰鬥。你可以看看電視上那些被訪問的返國大兵，他們甚至並不感覺自己殺過人。生存遊戲的意義在於接敵，面對面的搏鬥，它保留了戰爭的原型，有預謀、有等待、有搏鬥……我實在不想廢話太多了。來吧，我會穿成這樣當然是為了你。我準備了你的裝備，就在另一個房間裡。小一號的衝鋒步槍，兒童用的野戰迷彩服，我們兩人馬上就在這裡來一場生存遊戲。」

「聽起來很有趣。這個遊戲是不是與生存有關，換句話說，贏家會是活下來那一個。」

「當然，死亡在所有種類的遊戲裡都是屬於輸家的。」

「有什麼規則？」

「每人共有十分。手指，斷裂或骨折會阻礙擊發板機，減一分；髖部及屁股，受傷後會影響行走，減二分；大腿或頸部，內有大動脈，擊中後大量出血，減三分；心臟及肺部，致命處，影響呼吸及行動，減五分；頭顱，一槍斃命，減十分。」

他以槍口指著我身體各個部位。說得斬釘截鐵。

「我懂了，十分表示的就是我們的總體能量。這很好理解，當我無法行走加上大量出血，就相當接近零分了。」

「你很聰明。來，掂掂看。」

他塞給我一枝槍。

「是很重。跟真的幾乎一樣重，我想。」

我瞥見鮑伯所走出的房間，放眼可及之處雜物散亂一地。一具也許是二戰時所用的火箭筒擱在梳妝臺，數種長短不一的黝黑槍枝排列在粉橘色的床罩上。那是一只大尺寸的雙人彈簧床座。床頭板上懸掛一幅同樣龐大的婚紗相框。相框裡是一位穿著白紗的女人，身後是西裝筆挺，笑容燦爛的鮑伯。

爸爸噘著嘴咕噥著。我知道他又想罵人了。

「你們兩個不要擋住了電視。我黑漆漆的什麼都看不到。一個幼稚的小鬼，一個沒有用的男人，都給我滾一邊去，以免我起來揍你們。」

「爸爸，你累了，闔眼休息吧。」

「廢物，我養你這個廢物。」

「鮑伯，不好意思。我老爸脾氣大了一點。你別介意。」

「我生下你這個失敗品，你這朋友也是個怕老婆的敗類，你們兩個一搭一唱，都去死吧。」

「爸爸！」

「不倫不類的打扮成這樣。幼稚！」

「你是不是又要哭了？沒用的東西。沒用！」

「我沒有哭！」

鮑伯拉動了一下槍機，從瞄準鏡外探出頭看著我。

「你到底要自言自語到什麼時候？」

「誰？」

「就是你。」他盯著我問。

「你究竟自個兒在唸些什麼東西？」

「我有嗎？」

「你有，我以為我看錯了，他一開始呻吟你就跟著自言自語，但我沒有看錯。你在和他對話嗎？」

「我在對話？和誰？」

「和你旁邊這個人。你這半身不遂的中風父親。抱歉我說話直了一點。但這老傢伙從我出來到現在一直在唉叫，他到底在唉叫些什麼玩意？」

一〇〇號。就在方才美東時間近凌晨兩點十四分。我們已備存完成十一年來你的所有資料。你的死期將近，而我們已經準備好了。我們很替你惋惜。但好消息是，我們沒有完全放棄你，一部分人將會留下來，陪伴你到最後一日。

你怕不怕？

別擔心，別抗拒來到主的園地，死亡只是時間在單位上的轉換。相信我們，我們都全是這樣過來的，復活在一個你無法想像的次元裡。那會是一種新的開始。我們堅信，一〇一號將在你死後出現，歷史一向會出現奇蹟，而且它總是站在我們這邊。

20

我搭車來到城郊一間販售電器零件的大型商場，那兒有一整層布滿昏暗而且狹窄的店鋪，專門維修市面上汰舊的、古老的、規格不符以及其他暗藏疑難雜症的電器孤兒。我走了幾圈，從那些堆積如山且蔓延至走道的機殼殘骸之中找到了阿南。

我不想死。

昨夜我徹夜未眠，那些死亡預告飄到空中，成了這漆黑斗室裡的一部分，將我包圍在它的恐懼裡。

我打開沒有聲音的電視。

曾雅妮又拿到一座 LPGA 的獎盃。她是金色的照明。

煙台高爾夫球俱樂部的草皮。綠色的照明。

雪山隧道的火燒車。紅色的照明。
我坐著。正對著那溫暖多彩的波光。讓那些以電與溫度為燃料的火焰將我覆滿。
我對著電冰箱說。為什麼是我！
壓縮機隆隆地運轉，上頭的保溫熱水壺自動開始煮沸，答錄機裡的留言默不作聲。
誰來問問我吧。問我還要不要拖著一顆天才腦袋，住進這被詛咒的身體。
答案是不。
還給我吧！還給我無知的過去。
我該告訴誰才好。
你嗎？
我對著手機問。你的下一步是什麼！？

我清理低利汽車貸款、股王及時盤中分析系統、三越百貨超市特惠、微風廣場年終慶的簡訊，我的索尼易利信進入了省電模式，吐還給我一片黑暗。

新的一年。我該慶祝什麼？為了我終於朝死亡邁進了最後一步而去倒數嗎？難道群眾的力量會保護我，廣場上的大理石磚能延長我的壽命？等一等，那些廣場的煙火，是不是一種祭祀，就像古代那些射日的莽漢，越傲慢越顯得我們無懼於天地間的死亡。能射得越高越好，迸裂得越璀璨越好。它能把人帶離死亡盤踞的這塊土地、化作天庭之間的永恆餘光，成為一種超越死生的中介物質。

它能嗎？

我得解剖它，將它視為是一件可以理解之事。我翻開抽屜，想找出一把螺絲起子把它拆開，研究死亡是什麼。我要接上旅行充電器，換一顆高級電池，從網站上下載韌體更新或應用程式，理解它的語彙，掌握它的變化。我看到了暗暗閃動的光芒，那是在角落的延長線，充電器，無線網路基地台、數據撥接器上所發出的紅色閃光。我的眼裡一片霧茫，猶如迷失在一處開滿紅花的園圃裡。

「你的手機沒有問題。」阿南從那堆電子零件中仰起頭回答我。「它只是老的像極一只訊號發報機。你怎麼不換一隻新的？」

他拔掉一條連接至一臺灰色儀器上的圓形線路端子，像扯掉一條傳輸能源的帶子，屏幕上的波形扭曲了幾下後趨於平靜。那儀器裡的線條都是螢光綠色的，與克隆生命配有的那臺心室顫動機一模一樣。

阿南是一個體型單薄的小夥子，一頭受損的毛躁金髮盤在他那顆大頭上，戴著耳環。他一天要抽兩包菸，一咳嗽就會讓周遭充滿菸味，老是在擤鼻子，這使他更像一個老成的小孩。若是再矮一些，他看起來會與我長得沒什麼兩樣。

我光顧阿南的店鋪許多次了，這個終日埋首於電器拆解以及組合工作的男子總帶著一股鐵塊的氣味，就好像他身上有某個部位因為尼古丁和過多的焦油而開始在鏽蝕了。之前他提供了我一些搖桿及電路板的套件，附上如何安裝鏈條以及小型馬達的說明書，來讓我改裝爸爸的輪椅。這沒有想像中的複雜，那兩顆與他相依為伴的輪子不需跑得很快，只要能前進即可。現在若是爸爸突然醒來，即便只有一隻手指頭，他也能撥動那枝紅色的小桿子到他想要的地方去。

「問題不是手機。」

我拿了回來，找出手機裡頭那些粗體字的簡訊內容，遞給他看。

「我指的是這個，有沒有什麼方法可以弄掉這些簡訊？」

他按了好一陣子，抓了抓頭之後終於說。

「這只是一些亂碼，每一則都是，你想要刪除這些亂碼？」

「亂碼？」

我遲疑了一會兒，這才想到阿南看不懂那些文字。那裡頭的訊息，全是以義大利文，參雜幾個拉丁俚語單詞寫成的。其中還有幾個艱澀的字眼只出現在冷門辭典上，我曾在大學圖書室的宗教區架上翻閱過，記憶猶深。

這些文字我看來毫無異狀，但我怎麼會以為那也會是別人看得懂的中文呢？

「對，可以算是吧，能全部刪掉嗎？它們總是還留著，不知從哪裡又跑了出來，怎麼按都沒有用。」

「你是指刪除？」

「刪除是不是指永遠的消失？」

「看你從哪方面想，有時候它並不會。不過……你為何不去查出是誰在發送這些簡訊？」

「沒有人知道那些來電號碼是什麼。」我沉默了一會兒。

「我要的是它永遠的消失。」

「那我們從就這方面想，永久刪除。」

「但是你怎麼沒試過換一隻手機呢，也許是這玩意的問題。這東西還真是老派到不行，也許比我年紀還大。」

「這是我能找到的最簡單的手機了。我陸續用了幾款不能拍照、沒有網路功能或紅外線收訊的款式。接著替換成沒有音樂，也沒有可儲存磁卡功能的機型，可以選擇的越來越少，但這些簡訊還是有辦法不斷傳來，只是從即時影像退回成網路動畫，再變成了圖片或影像，即便我把裡頭的磁卡拿掉也沒有用，它還是儲存在某個我不知道的地方，最後我才找到這種單色屏幕的手機，只有最陽春單調的功能，甚至連一個訊號孔都沒有。你看，這根本已經不是手機了。」我洩氣地說，「最糟糕的是還是一點用也沒有。」

「這聽起來像是一種病毒。你知道，如同百年蟲或是千禧蟲之類的惡意程式。因為光是這幾天，我就遇到過不少因為電腦中毒來此求援的上班族。」

阿南一邊說話，一邊操作那些按鈕。他又將那條黑色的塑膠纜線插進那臺會顯示跳動電波的儀器裡。

「換一個號碼呢？」他問。

「換一個號碼？我怎麼沒想到。搞不好就解決了。要是還沒用的話，我就得搬家，或者換個名字。要是這些簡訊再來追殺我，那麼我就得準備易容了，就像電影裡那些被盯上的情報員一樣。到底誰在這麼做？又為何挑上我呢？」

「問得好。」阿南笑了一笑，將手機拋給了我。

「別擔心。」他說，「都刪掉了，一乾二淨。也鎖住了只有製造商才能破解的功能。你不會再收到這些亂碼了。」

我狐疑地檢查了一番，那些粗體字的簡訊內容果然已經消失的不見蹤影。

阿南轉頭繼續與那些桌上的螢幕奮戰，那是一些攜帶型電腦，躺在大小不一的工具，數位量表以及如米粒般的細小元件之間。他一邊等著畫面上那些捲動的信息，一邊將光碟磁片輪流的放入那些機器裡，還能分心捆起一束又一束五顏六色的糾結電線。我看著他，怡然的處於至少二點五公尺高的金屬層架下，被數不清的零件包圍。他瞥見一只符號，就曉得要敲在鍵盤上的哪一個按鍵。看見一排空的插槽，便滑動他那張有滾輪的工作椅取回一塊電路板來插上，他不慌不忙的漂浮在這些袒露在外的熱捲套管以及電路系統之間，蓬鬆亂髮遮住了臉龐，拿著一枝會冒煙的熱熔銲槍，就像在紀錄片裡搶修潛艦的少年英雄一樣。

「這是什麼意思？」

我指著一臺擺在桌上的電腦。

「那是一臺筆記型電腦。」

「我知道，我是說。貼在上頭的那單子裡寫的是什麼？」

「此臺電腦軟體授權日已終止，請協助重新修復。」

「沒錯。這是什麼意思？」

他將椅子滑了過來，敲敲那臺電腦說。

「那是它已經壽終正寢的意思。有一些重要的軟件過期了，或是被禁止繼續使用。原因什麼都有。電腦病毒、盜版軟體的缺陷、或是沒有繼續付費而被迫終止。那軟件是電腦的中樞，一切運行都靠它，控制整個主體的活動，它的問題就是軟件因為到期而掛了。換一個你聽得懂的就是生命的大限已到，它會不時提醒你，還有十天，還有八天、還有三天，最後死亡接管了控制權。它不能再運行，永久的陷入黑暗裡，那麼的突然，即便前一刻你用它在看電影，或操作 ATM 轉帳都一樣。」

「那麼怎麼辦？」

「很簡單。我們給它一個新的期限。」

「等一等。」我說，「它還是會走到期限來臨的那一天不是嗎？換一個我聽得懂的，它還是必須再死亡一次，所有的過程都將重演。難道它不害怕被日夜催促大限已到的恐懼又將來到？就像一具定了時的鬧鐘？」

「應該不會。」他想了一下，打開眼前這臺電腦的開關，機殼內馬上出現運轉中的嗡嗡聲響。

「我們會無限期延長它的使用限制。當然要透過一些修改原始內碼技巧。換個我們兩個聽得懂的，就是它會復活並將長生不老。」

我看著那臺電腦裡運行出的畫面。提示欄裡的訊息正在閃爍。

軟體授權有效時日至：六五〇〇年一月一日。

我沒有看錯。那螢幕雖然有點發黃和破損，但字體清清楚楚。

西元六五〇〇年。也就是好幾千年以後。

我看著阿南。他微笑的抖了抖他的眉毛。

他在得意什麼？

他在得意他創造了一個可能活得比人類還久的生命嗎？就透過一點心思的組合數字，就改變了注定的終局，延長了壽命？他摸摸自己的鼻子，看著我啞口無語的樣子，越來越意氣風發。

「你是怎麼辦到的？」

他兩手一攤，嘴角上揚。

「真有你的。」我既讚嘆又崇敬。

「你別這麼誇張好不好。」

他有點不好意思。

「西元六五〇〇年！」

我將這幾個字說得既重又鈍，如同宣讀一條咒語。

嘿。幫幫我吧。也改變一下我的壽命好嗎？就用你的小聰明。我可不想過什麼百年跨年的。我希望一切的時間都不要變動。這樣如何？教教我。讓我自己動手調整我該活多長。讓我能夠決定自己什麼時候出生，什麼時候活膩了而選擇死亡。不過，為什麼你不先調整自己的壽命呢？你不曉得一百年後，世界對你已毫無意義，何況數個千年。

手機在我口袋裡震動，我拿了起來。是一則簡訊的通知。

你在躲避我們嗎，一〇〇號？你到底想怎麼樣？是叫我們徹底放棄你，還是你仍有一絲想抵抗的念頭？

你的腦子真是奇怪啊。我們該說你是太過聰明，亦或你只是瘋了呢？

時間以光的粒子存在，那是時間的最大單位，是無法超越速度的速度。它流淌在我們眼前，快的光滑細緻毫無破綻，像一塊純白色牆面。

21

那天下午，我走在一條布滿推命、風水、掌紋卜卦、龜甲面相攤位的小街上，猶如走進某個百貨專櫃樓層裡。新年的來臨，未知的命運，巷子正是人潮鼎沸之時。我置身其中，為了所謂而來正在尋覓。

這巷子從頭至尾搭著帳篷，陽光隔著紅藍兩色的塑膠布透了下來，熙熙攘攘的人群擦身而過，臉上也沾了許多顏色。四周爐香裊裊，供盤上的玉蘭花氣味撲鼻，抬頭偶能見到一處破洞引入天光，照出巷裡斑斑光點，顯得特別陰冷。

這是一個受命運訊息所淹沒的空間。我走著，看見詢問者與解答者倆倆相望的命定眼神。聽著感情、婚姻、財富、名聲的企求；聽著痛苦單詞組起的低喃，寫有人生解答的籤筒正在搖晃，慾望的呻吟匯成一條細語之川，把這條偶有汽車開入的小巷漫溢的更透不過氣來。

我發現，曾有報導採訪的算命攤生意最為興隆，擺放名人合照的攤位次之，掛有「鐵口直斷」，「中日英文講解服務」排在最後。這是否應證了某種道理。不管這種服務業有多古老，給予充分信賴感仍是此行不變的要旨。人們因徬徨而來到這裡，想弄清楚自己遇到什麼事。他們虔敬地讀著小文鳥叼出的籤支，這些動物總是能知道他們不安的原因。

走了一陣後我訝然發現，現在的算命仙實與我印象中已大大不同。他們的身上有了更多的特徵及記號。除了道士服與山羊鬍以外，許多算命師都穿起了西裝，或也得打上一條領帶。他們大概也都有些斜視，鬥雞眼，額上有紅痣，或黑痣上長有嚇人的長髮，離相貌端正可說是越來越遠。

這一路走來，女算命師也不少。她們通常比男算命師來得胖，個個架勢十足，看來都有段複雜的人生歷練。她們戴上石珠一類的首飾，把頭髮吹燙的奇形怪狀。這種場合她們確實比男性出眾得多。就一個傳統身分來講，由她們來談命運多舛來得更有說服力。這些安然坐在檀木椅上的人，正重新主導著男女間的地位，就從心靈療癒這部分開始。

昨晚，馬芳打了通深夜電話給我。我從一頭霧水到認出她的聲音足足花了快五分鐘。

她是那種會在電話裡變聲的女人。很多人講電話時會變了個樣。手勢和表情會變多，聲音也會不受控制。馬芳就是這一種人。已經有很多人說過她要是不自己報上名來，沒人知道電話裡這個人是誰。很多人就這樣和她相談甚歡直至互道再見。他們都在和自己想像中的人對話。

「我現在不想說話。」我說。

「陳何。我拿走了霧衣。只是一陣子，放在我這。好嗎？」

「放回去，妳賠不起的。」

「我已經穿在身上了。我感覺很好。陳何。我需要它。」

「那東西得銷毀。那是個發展不全的東西。它會害了妳。」

「為什麼？」她說，「穿上它之後我感覺好極了。那多像一層會呼吸的少女皮膚。我再也不想將它脫下。」

「那是幻覺。」

「但是那是多麼真的幻覺。看看，我簡直認不得了我自己。」

「它也改變了妳的思考。脫下它，馬芳，還來得急，不要因為衝動而誤事，那件衣服的副作用遠比妳所想得還要複雜。」

「來不及了。它已與我合為一體。」她喘著氣，「我要它。陳何，我要永遠的穿上它，開始我新的生活。」

「那麼妳不用特地告訴我。」我說，「為什麼妳打來告訴我這些事。既然如此，妳想幹嘛就幹嘛？何必告訴我。又是凌晨三點，為什麼我老是在這種心靈最虛弱的時刻受到打擾。」

「我什麼都和你分享，什麼都會告訴你，為什麼這次會是例外呢？你一定懂這種感覺。陳何，因為你也不是一個正常人。難道你不明白嗎？」

「其他人會發現少了一件霧衣的。」我冷靜地說，「這是無塵室內的管制品，每天有人負責清點，這東西值不少錢。他們不會放過妳的。」

「我要求你擺平這件事。你是經理了，你可以的。」
「妳在命令我嗎？」
「我在命令你嗎？沒錯。」她壓低了嗓子說，「它穿起來和我過去的每件衣服都好搭。這個人好像不是我。陳何。我正在觸摸的是一張細膩光滑的身體。她在那一頭，隨著我的動作擺動，像是在誘惑我，多撩人性感的一個女人，我多想占有她。」
「妳在鏡子前面？」
「全身的鏡子。」她說，「一絲不掛。」
我經過一間商店，匾額上大大寫著的「人間淨土」四個字吸引我的駐足。櫥窗透明几淨，裡頭寶石、玉鐲、燭臺、水晶一應俱全。我看了一下暢銷排行榜，依序是九宮八卦項鍊（鑲舍利子）、阿彌陀佛號唸佛機、五方招財聚寶金字塔香（白財神）、綠度母菩薩四小時環香、蓮花水杯（一組）、二十四K金小佛像。

窗架上的電視正播放一個穿著唐裝的男子的演講，他戴著小小的金邊眼鏡，掛在一顆胖胖的光頭上。戴眼鏡的和尚總讓我覺得怪怪的，我一直覺得出家人應該不會近視才對。我拿起一張花車上的特價DVD。封面也是這個男人，自稱人間居士。我靠近電視，試圖了解這個體態豐滿的中年男人在一片亮白日光燈的布景下說的到底是什麼。

「一百年辛卯年，一百象徵滿。滿了就會結束。」

「許多公司行號會結束，跨國公司、包含遠在歐美的都一樣會結束。風水是沒有地理之分的。沒有結束營業的會裁員、失業、或放無薪假。小型企業結束的比較快，因為風水影響小。大的比較慢，如山崩土石流也是一點點累積出來的，但最慢拖到明年就會全部倒閉。」

「很多人生命也會跟著結束。生的人很多，但死的人更多。因為死去是一種消失、是一種無，本來就不易被記住。」

「天災人禍會很多，意外事件多，會有群毆、輕生、集體自殺事件發生。」

「水災跑不掉，地震絕對有。酷寒、酷熱、大水、大火、風災，都會出現。佛羅里達的颶風一路吹到墨西哥，為的是什麼你說看看？是不是說不出來，這種風水異相世人無法掌握，西洋人遇到了也只有尊敬。」

「但我重申這是預言，是概括而論，是佛學理論上的預言，是風水理論上的推估，預言要能證明才能讓人信服，但在這裡是很難證明的，在此不能多談。」

「舉個例子，還記得九十九年五月某個大型企業員工的十一起跳樓自殺事件？我在去年的黑板上就寫下來了，而且當時就告訴我們同仁不要擦掉。你以為我在騙你對不對？助理小姐有勞，請將黑板推過來。」

「有沒有看到！時間人物地點！這就是風水預言的鐵證，不要不信。」

「記不記得那個連續滯留鋒面沖垮了多少房屋？那是去年九月的事情。風勢雨量一清二楚的寫在這裡。」

「上個月的奶粉中毒事件，我們在前年就預測了會發生。但波及的幅度更大。」

「別以為不會應驗在你身上，記不記得過去一年死了多少人？」

「回想一下你在每天上班的路途中，偶爾會看到的電子看板，從這一條路上累積出的死亡人數是多少？」

「回想一下你躲過多少意外傷亡，但多少親友沒有？」

「天災人禍！」

「一百年後會出現更多奇奇怪怪的現象事蹟，難以解釋。」

「九十九年發生過的天災，一百年後仍會出現，而且會更嚴重！」

「但預言之事，應驗之後再來解說。」

「你問我為什麼？很簡單。我不告訴你，因為天機對你是說不清楚的。」

一組不尋常的人坐在星巴克裡靠近大型落地窗的位子旁，在四方桌各占一位而坐。他們緊緊握住彼此，每個人都將手放在桌上，一臉肅穆。我站在兩米外的騎樓柱子觀察這副景象，他們是兩男兩女，除了一位年紀稍大的長者以外，其餘都是一副精神衰弱、陷入某種透明痛苦中的無法自拔者。

我知道那位穿著黑色高領毛衣、有著奇大鷹勾鼻，蓄著平頭短髮就是劉醫師。他一副細緻的圓框眼鏡掛在鼻梁骨上，保持出一個與眼睛的合宜距離。這與他那件寬鬆的黑色毛衣搭起來是如此優雅，好像他的鼻子是一條凳子，而他整個人就擱在那裡，從那一頭自在地露出充滿智慧的精光。他應該已發現了一個鬼祟的小孩躲在狹窄的走道間，與許多違規停放的摩托車藏在一起。但是他泰然自若，神情間彷彿已瞭若一切事情。

看來他們的聚會已告一段落，有一人主動收拾空杯去回收區，其餘人面帶微笑，站姿挺拔的在原地等他。

我再走近一點，聽到他們又圍成一小圈在說話。

「我們要相信自己。」劉醫師說。

「我們要相信自己！」他們複誦。

「很好。你相信自己嗎？」

「我相信。我相信劉醫師。也相信你。」

「妳呢？妳相信誰？」

「自己。」

「沒錯。別忘記這件事。」

「相信自己！」

「很好，你們都相信我。」

「我們已經給自己保證了，不要讓我們自己失望喔。相信自己，我相信自己的病情，一定會痊癒。」

劉醫師從他們之間看著我，長滿銀灰短鬚的下巴揚起一個淺笑。

幾個小時後我已出現在他的私人診間裡。

「你的狀況很不樂觀。」劉醫師說，「有沒有家人與你一起來？我得和他們談談。」

我想了一下，很快便曉得沒有人能替我做主。

「沒有。」

「那好。」

他低頭對著我的報告沉思，同時不斷的以拇指按摩他的太陽穴。時鐘是下午四點。這是否是他特別疲勞的時刻？

「把病人的X光片送過來。」他起身壓著對講機說話，過沒多久，一個以膠帶密封的紙袋從牆壁中的一個縫裡遞出來。

「謝謝。」劉醫師彎下腰對著那條縫裡的人說。

這是一個充滿層架的房間。天花板很低，幾乎就貼著架上的成排書籍。劉醫師涉獵頗多，但對藏書不太愛惜。那些沉重的原文書東倒西歪，有些甚至已翻皮脫線。各種雜物和書堆在一起，將整個室內都給包圍。架上當然也有些醫療器具，瓶瓶罐罐的福馬林浸泡著一些黃色的漂浮物，最多的就是一些大大小小的白色腦袋。

「我的不樂觀是到什麼樣的一個程度？」我問。

「如果從一分數到十分。依你看，我的狀況可以拿到幾分？」

李德的狀況每況愈下後，我便提醒自己要和醫生小心相處，尤其在主控權這一方面。

我選擇劉醫師，但也不想洩漏給任何一點人知道。這是為什麼我會偷偷的來找他的原因。因為從許多奇怪的幻臆來看，我的死亡恐懼顯然不屬於一般內外科的範疇。看顧它的人除了理性與專業，還得有點古怪。我給自己下了條件，我的時間可能不多，必須一箭中的，找到會相信我說話的人。我馬上就想到了李德曾經提過的劉醫師。來此和他短暫談話後，也證明我的決定是對的。看看他，居然不覺得一個小孩獨自來看診很奇怪，這就是他並非泛泛之輩的證明。

剛剛這個提問來的很及時。將自己的狀況量化，切分出有限制的選擇。對方只能從這些選擇裡回答我想聽的。而這些選項掌握在我手裡，它們是可受控制的相對答案。換句話說，我正在製造一種對我有利的狀況。

如果李德還健康如昔，他應該會很佩服我第一次面對醫生就能如此老練。

「一分是完全沒事，一切都是誤會，我付錢領走診斷證明、康復證明，然後回家準備幾天後的跨年派對。」

「二分至五分是微恙。我有一些小毛病，一些可以治療的慢性病。它當然也不樂觀，但前提是我得完全的去忽視它，不去治療它，它才會越來越嚴重。我可以想到的是足癬，或鼻竇炎。聽說鼻腔一旦發炎過度，會出現一種叫做息肉閉鎖的永久現象，從此只能用嘴巴呼吸。你聽過這種毛病嗎？」

腦袋與書本，死亡與知識。無常是之所繫。書本裡有生者之聲，他們在防腐劑內思考著永恆的命題。

我到底是誰。我為什麼會是我？

「你這個比喻很有趣。」他微笑的看著我，撫摸著下巴。

「你知道嗎？」他說，「許多病人喜歡將自己弄得陰沉沉的，這讓我們看了也很不開心。其實醫師也是病人。醫院是一種惡劣的工作環境，充滿細菌與低氣壓。

我們面對心情亂糟糟的病人，相對的也提不起勁，積極不起來，久了便有了慢性潰瘍的毛病。常有人說要樂在工作，我們總是沒這福分，我們不能笑，這很不公平，非常不公平。所以我給我的病人定了一個隱形條款。他們不能夠愁眉苦臉的訴說病情。否則我拒絕看診。他們會不曉得自己犯了什麼錯。這沒有什麼理由，難道醫師就注定得拿自己的健康，去換病人的健康嗎？天底下沒有這種事情。」

「幸好我沒有。」我說，「我剛剛有愁眉苦臉嗎？」

「差一點點。有些病人察覺到了，他們在病了後會特別敏感，知道醫師的需求，想方設法的要逗我開心，甚至拿自己的疾病開玩笑。過度的表現反而讓某些狀況難以啟口，因為這些人的檢查結果往往是不治之症。我想說的是適量，適量的視醫師也是有需求的人，關心一下我們就好。至於該怎麼樣的互動，拿捏的巧不巧妙，那是屬於主觀的感覺，連我也不知道。」

「我很高興我想的對，這評量就是我的靈機一動，別以為只有這些，聽看看下面的。」我繼續往下說。

「六分與七分是我們常見的腫瘤。六分是已經從良性轉變為惡性，七分是我已經有惡化的腫瘤，但它持續的變壞，這是你說不樂觀的意思。但不樂觀並不表示我需要悲觀，你會說一切都在可以掌握的範圍內。」

我似乎越來越得意了。

「八分就是李德。我是說我一個狀況不妙的同事。他身高一米七五，最近卻在四十公斤上下掙扎。這個分數簡直是為他而設的。」

「九分？我想都沒有想過。愛滋病？大量失血？有什麼病是會立即致死的？南洋的巫毒詛咒？猛暴性肝炎或十八世紀發生在倫敦的鼠疫？說到倫敦，上週我收到了劍橋大學頒給我的一枚二等紫荊勛章。克隆生命帶給這個終年陰雨濃霧不見陽光的城市諸多暖意。那些在零下八度的泰晤士河畔旁散步的院士們，在收到霧衣，這個最新科技的少量樣品時，突發奇想的將此布料搭覆在頭頂上，像一個伊斯蘭教徒一樣走在寒風刺骨中發出一身熱汗。那些風景明信片裡有他們悠閒穿過石橋，追著野鴨的身影，這種精力是他們想都不曾想過的。我得承認這產品問題頗大。而且也造成些不可彌補的後果。但是它仍不失為一個前所未有的好東西。」

「很好，還有嗎？」劉醫師拿起眼鏡，對著天花板看了看。他覺得那鏡片髒髒的。

「別告訴我有十分。好，算你贏了。」我看著他，「你覺得有十分。你覺得我已經要死了，對不對？」

他在擦眼鏡，棉布在玻璃上發出推擠的聲音。

「不不，你不這麼覺得。」我趕緊否認。

他微笑的聳聳肩，似乎很享受我的自言自答。他戴起了眼鏡，看著我，一副想聽聽接下來還有什麼的樣子。

我站了起來，繞著這低矮明亮的診間裡打轉，在他浸滿黃色福馬林的大玻璃罐的房間沉思，想著下一步該怎麼對付他。透過那些滿布灰塵的書牆之中，我走到了盡頭，一片薄光如薄紗般覆住了我，那是從窗外透進來的。

22

時間還很早，不過我帶著嬌嬌出門，打算參加今晚跨年晚會的預演。我們走進了地下道，通過剪票閘，來到月臺邊等著。我們只在不鏽鋼管椅上坐了一會兒便跳了起來。因為實在冷得要命。這條新闢的捷運路線位在地下五層樓，也同樣掛著電視，兩側月臺都各有一個，播放著來自地面的影像。那聲音有些時差，我不斷聽到同樣的話說了兩遍。

風切聲在隧道裡嘩呼作響，我聞到地底的氣息，透明的電梯爬升後留下一道深井般的窟窿，我靜靜等著，聽見了死者說話的聲音。

搭車的人太多，擠到門邊上來，我們放棄了一班車，看著列車加速駛去。駕駛在最後一節車廂的窗後，面無表情。那是一張沒入隧洞的臉孔。不久，人群又慢慢從樓梯走下來，臉上滿是期待與好奇。他們也是要往百年廣場去的。

電視機前有人排著一列，那地上劃有黃線。人們都站進格子裡。一個接一個排隊。

廣告裡的影片飛出一行字體。

末日3D。還有一天。迎接毀滅首映。

「媽媽說她是個笨蛋。」嬌嬌說，「她是嗎？」

「不。她不是。她只是有點累了。」

「我什麼時候才能回家？」

「不喜歡和哥哥一起住？」

她搖搖頭。

兔唇、青春痘、痘疤、瘡包、坑洞、油光。你還認得出這是一張臉嗎？醫創美研社找回妳的信心。無痛、無休養期、無心理負擔。今天拿起電話，明天重做美麗女人。

我咳了兩下。聞到很濃的血腥味。

「喜歡。」

「什麼？」

「喜歡和哥哥住。」

「那不就好了。再給媽媽幾天時間。嗯，好嗎？」

「我打給媽媽。昨天晚上。」

「然後呢？」

「媽媽沒有說話，只是一開始說，嬌嬌可不可以陪著媽媽，不要掛上電話？」

她抿著嘴，過了好一會兒後搖了搖我的手。

「媽媽生病了嗎？」

「人人都會生病。但也會好起來。」我看著她說。

「嬌嬌也感冒過，對不對？」

「嗯。」

「感冒時妳有什麼感覺呢？」

「不舒服。」

「還有呢？」

「希望媽媽能陪我。」

「那就對了。媽媽就是感冒了，也希望妳能陪她，但她沒有力氣說話。懂了嗎？」

「但是我在電話裡睡著了。」她低著頭說，「我不是故意的。」

車廂裡好亮。到處有人在講手機。

有人說我好想你，有人在報告自己剛上捷運，有人不斷問對方在哪裡。

車廂外則是很暗，一片黝黑。我們正穿越頭頂的一條河流，往市中心而去，車輪摩擦出金屬般的嘶叫，嵌在隧道裡的紅燈飛逝而過。

「預演現場已經來了許多人喔。東森電視的外派記者也來到這裡。我們來問看看現場的觀眾朋友，明年有什麼新希望。」
「我希望能找到工作。」
「不要再放無薪假。」
「明年一定要順利結婚。」
「賺大錢！」
「你排得好前面喔，幾點就來了？」
「早上十點。」
「妳呢？明年有什麼心願？」
「不知道。」
「有什麼話想和電視機前的人說？」
「你呢，你有什麼話想說？」
「我想說，台灣，是一個充滿奇蹟的地方，並且不是一蹴即成的。一百年。它經過了這麼久，終於把各種不可思議都給實現了。」

「還有呢？難得有這個機會，還有沒有什麼想對電視前的人說？」

「沒有。」

一個男人將頭倚在車窗上，窗影在映襯他的模樣，一片黑色的鏡子。他穿著翻領條紋毛衣，枯黃的頭髮，兩手各戴了許多佛珠和電子錶。他的身前擺了個大行李箱，雙腿上也擺了個大包包，疊了個手提包，還有三個塑膠提袋掛在手腕上。他只坐半張椅子，因為身後還有個背包。他的腿伸得很開，褲腳碎成毛鬚，那慢跑鞋是以魔鬼氈當鞋帶的。他埋在一堆家當裡，像個遠行者。人們寧願站著也不想坐在他身旁的空位。

我發現，不是這樣的人總是越來越吸引住我。而是一年隨著一年，這樣的人已越來越多。終於有一天，如果我能活到那一天。這世界最奇怪的人將會變成我。而不再會是別人。

我們全是別人眼裡的一道光。稍縱即逝。

他接起手機。沉默好久後終於說話。音量大到所有人都聽得見。

「我愛妳。敏珠。照顧好我們的孩子。」

「不要問我去哪裡。我已經消失了，不會有人知道陳忠義去了哪裡。」

「沒有人知道。」

他愁苦的看著鏡中人，屁股只有一半在椅子上，提著塑膠袋的手抓著欄杆，省力的以腳分擔了重量。

「妳愛我嗎？」

「騙我。」

「我也是。」

我們走出捷運站，在街上攔了一台計程車，坐上去。說了目的地。

「到百年廣場。」我說。

戴著泛黃絲質手套的司機穿著襯衫也打了領帶，下半身卻是一件短褲。緩慢的車流中偶有摩托車冒險鑽過，儀表板旁的螢幕上，我們正被衛星定位著，走走停停，在橫豎交叉的圖像中前進。

我有好一陣子不曾搭過計程車，裡頭的味道總是讓我受不了。我望向窗外轉移注意力，台北金融摩天大樓的避雷塔上發出一閃一滅的燈號，掠過灰色雲群的一架波音系列班機轟隆隆地出現，瞬間穿過了它繼續朝後頭飛去。

為了今晚的跨年晚會，通向百年廣場的中山北路大道，沿路的林蔭點綴成了一片燈海。發出光芒的 LED 燈泡如蛛網般將分隔島兩端的樹木緊密的織在一起，迷濛深邃，車流緩緩從底下穿過，車窗裡是一張張紫藍色的面孔，全都注視著前方。

天氣陰晴不定，風颳得許多人披頭散髮、緊緊的埋在衣物裡。塔絲絨纖維、填充羽絨、輕量羽絨、立體縫線、眾多機車騎士呼嘯而過，停在紅綠燈下，將自己存進層層編織起來的體溫內。車窗內的小孩，是一個茫然的倒影。車窗外的他們，只留下一雙凝視車內的眼睛。

「你還沒和我說啊。哥哥。為何什麼答案是歐巴馬？」

「因為他的確就是。別再想這個，妳該睡一下，到了我會叫妳。」

嬌嬌轉過頭去，繼續撥動她那喝了一個早上的鋁箔包果汁上的彩色吸管。鋁箔包上面印著：現採最鮮柳橙，一口喝到果肉與陽光。

「為什麼只有他有顏色？他是從哪裡來的呢？」

「他打從一開始就是了，從很小的時候就是黑色的，長多大就會跟著有多黑。」

「不會變其他顏色？」

「不會。」

出門前我們一起在家裡研究她學校裡的寒假功課，那是一整本被圈畫的未來日記，空白且等待著日子到來後填寫。我們打算提前完成，好讓她的新年假期多出幾天來。

在歷史這一章裡，日記問道：

圈圈看。誰是現在的美國總統？而誰又是我們國家的總統呢？

一、林則徐
二、馬英九
三、黑人歐巴馬
四、陳水扁
五、史蒂芬・賈伯斯
六、阿拉法特

「將答案拿給爸爸媽媽，問問看，當上台灣的總統容不容易？他做了什麼努力，有沒有小朋友應該效法的地方？」

「寫寫看。小朋友的新年新希望，在下面的空格內寫下三〇〇字，你以後最想效法哪一個偉人。」

「問問看，爸爸媽媽們小時候有沒有想過未來，他們現在成了什麼樣的人呢？」

我想起那幾個年末，台北金融摩天大樓爆破出燦爛火花，四面八方的噴濺出去。燃燒的火舌透過SNG連線竄升，在每個家庭裡的液晶電視裡炸出了絢爛的熔漿，淌在實木及石英磚地板，流過茶几及沙發滲進人們的眼裡。紅色的波光。廣場上的人們在冬季的狂風裡、在伸手不見五指的煙霧裡，歡慶著。仰頭在同一片視野裡，注視無盡的夜空緩緩飄去煙霧，新的一年從大爆炸裡掉了下來，在嘆息聲中往下墜落。

所有的一切將在今晚重新來過一次。

「都去死好了。死一死不是痛快一點？」

這個一臉憔悴的司機突然發出聲音，一會兒過後，我才曉得他說話的對象是電台裡的人。

「我的婆婆不吃藥，不開刀，她的膝蓋裡頭都是積水，醫生說那些排都排不掉。」

「這不是很好笑嗎？這不是再好笑不過了嗎？」

「傳來個好消息喔，國道三號掉落的輪胎已經排除，傷亡車輛的現場也恢復暢通，不過行經這個路段的駕駛朋友還是要小心，因為不斷還有載運跨年煙火以及更多輪胎的車輛即將北上。」

「我跟她說她不離婚才最好笑，她一個四十幾歲的女人，還以為，

「短短一年內就飆增了百分之八十，收藏家爭相收藏，開運大鑑章，尊榮恰如大清皇帝乾隆傳世御璽，帶給，

「你是不是有預感就是這通電話，哈哈，好讓我們來接聽這位聽眾來電，請把，

「我先生吵著要與我婆婆一塊死我婆婆她應該要學著成熟一點讓這段原本幸

福的婚姻不要讓我們的下一代失望不要讓你身邊的人失望就是你就是你快說出通關密語沒錯有駕駛朋友告訴我們台一甲線靠近市府路段發生人孔蓋塌陷尊師說社會上的自相殘殺都是因果循環冥冥中注定造成你要考慮清楚喔足足有二十分鐘的跨年高空煙火即將施放開運大鑑章開啟一整年的鴻運提示是五個字快一點時間時間下一通電話好很抱歉我們接下一通電話。」

「她一直說她怕開刀，怕會死什麼的，我跟我先生偷偷說。」

「我說，她都活到八十幾歲，折騰我二十幾年應該也夠本了，是不是？怕什麼死。」

「怕什麼死。對不對？」

「妳先生怎麼說？」

「他不講話，他從來都不跟我講話，我永遠在自問自答。他們家的人都是這樣，我要瘋了。」

「妳剛剛說妳要瘋了。」
「對！」
「我有聽錯嗎？」
「沒錯。不是我瘋了，就是這個世界上所有人都瘋了。」

我突然有想握住嬌嬌的手的念頭，卻發現她早將手搭在上頭，不知何時已沉沉睡去。在這個充滿靈魂密度的空間裡，嬌嬌對外界毫無知覺，喁喁地進入了夢境。她是否正放心的在夢境裡玩耍，只因她仍記得有人正看守這一端，這現實世界的唯一連結。我請司機將車窗關上，她前額的瀏海絲絲地落了下來，停在眼皮上。

我給她撥了撥，一股前所未有的血腥味從體內升了上來，而我心中卻莫名平靜。不再害怕。

「前面左轉有沒有比較好走？」我問。

「塞，一樣塞。應該在上一個高架橋出口先開下去，第一個路口馬上右轉，看到仁愛路後再爬上引道。」

「爬上引道是繞路。」

「是省時！接著右轉後再回到市民大道上。」

「下去繞一繞再上來？」

「依我來看，至少省十五分鐘。」

「就會回到這個高架橋？」

「對，這樣是不是快多了。下去再上來。」

「你們兩個小孩要去哪？」

「什麼？」

「你們兩個坐車是要去哪裡？」

「百年廣場。我們不是正在路上？那裡就是我們要去的地方。」

「我知道你們要到百年廣場。」他接著說。

「我是問你們到了之後能去哪？」

我看著嬌嬌，調整自己的位置也將頭靠在她肩上。這對兩個小孩來說是剛剛好的高度。我看著她裙子前的口袋，開始相信這女孩說的，她口袋裡確實住著一對小人兒。我總是得相信任何事都有可能發生，不管它們多不可思議。因為世界便是因此而生的。

嬌嬌睡得好熟，起伏間也分給了我睏意。這是何等的疲倦，如此甜蜜的湧了過來。我循著她的氣息，成了一個她呼吸裡的孩子。我走進她的夢境裡了，一些簡單的花草樹木，幾隻狗和花貓。不如就暫歇一會兒，我想。自然有人會將我們喚醒。可是我希望那睡意來了就不要走。最好永遠留下。因為風景蒼茫，時間在奔流中不能明晰。我始終跟不上。

小寫說01　百年

作者　許倍鳴
美術設計　林岑 tsenlin.com@gmail.com
文字校對　許倍鳴、陳譽仁、游任道
總編輯　劉虹風
責任編輯　游任道

出版　小小書房（小寫出版—小小創意有限公司）
負責人　劉虹風
地址：234 新北市永和區復興街 36 號 1 樓
TEL：02 2923 1925｜FAX：02 2923 1926
http://blog.roodo.com/smallidea
smallbooks.edit@gmail.com

發行　紅螞蟻圖書有限公司
地址：114 台北市內湖區舊宗路二段 121 巷 19 號
TEL：02 2795 3656｜FAX：02 2795 4100
http://www.e-redant.com/index.aspx
red0511@ms51.hinet.net

印刷　崎威彩藝有限公司
地址：新北市中和區立德街 216 號 5 樓
TEL：02 2228 1026｜FAX：02 2228 1017
singing.art@msa.hinet.net

初版　2013 10
定價　300
ISBN　978-986-87110-4-4

百年 / 許倍鳴作 . -- 初版 . -- 新北市 : 小小書房出版 ; 臺北市 : 紅螞蟻圖書發行 , 2013.10
面 ;　公分 . -- (小寫說)
ISBN 978-986-87110-4-4(平裝)

857.7　　102011709